UM CICLISTA CONTRA O NAZISMO

ALBERTO TOSCANO

UM CICLISTA CONTRA O NAZISMO

Amarilys

Copyright © Editora Manole Ltda., 2025, por meio de contrato com a Dunod Editeur.
Amarylis é um selo editorial Manole.

Título original: *Un vélo contre la barbarie nazie. L'incroyable destin du champion Gino Bartali*
Autor: Alberto TOSCANO
© Dunod 2023, 2ed new presentation, Malakoff
A edição em português foi traduzida a partir da edição em inglês *A Champion Cyclist Against the Nazis. The Incredible Life of Gino Bartali*, © 2020, publicada pela editora Pen & Sword Books Limited, que gentilmente permitiu a utilização do texto.

Produção editorial: Lívia Oliveira
Tradução: Departamento Editorial da Editora Manole com auxílio de ferramenta de inteligência artificial.
Projeto gráfico e capa: Departamento Editorial da Editora Manole
Diagramação: Amarelinha Design Gráfico

CIP-BRASIL. CATALOGAÇÃO NA PUBLICAÇÃO
SINDICATO NACIONAL DOS EDITORES DE LIVROS, RJ

T654c
   Toscano, Alberto
     Um ciclista contra o nazismo/Alberto Toscano ; [tradução Departamento Editorial da Editora Manole]. – 1. ed. – Barueri [SP]: Amarilys, 2025.
     160 p.; 23 cm.

     Tradução de: Un vélo contre la barbarie nazie: l'incroyable destin du champion Gino Bartali
     Inclui bibliografia
     ISBN 9788520468241
     1. Bartali, Gino, 1914-2000. 2. Ciclistas – Itália – Biografia. 3. Guerra Mundial, 1939-1945 – Movimentos clandestinos – Itália – Biografia. I. Manole. Departamento Editorial. II. Título.

24-95009   CDD: 920.9945092
                               CDU: 929:94(450)'1933/1945'

Gabriela Faray Ferreira Lopes – Bibliotecária – CRB-7/6643
10/10/2024 14/10/2024

Todos os direitos reservados. Nenhuma parte deste livro poderá ser reproduzida, por qualquer processo, sem a permissão expressa dos editores.
É proibida a reprodução por fotocópia.
Toda marca registrada citada no decorrer deste livro possui direitos reservados e protegidos pela Lei de Direitos Autorais 9.610/1998 e outros direitos.

A Editora Manole é filiada à ABDR – Associação Brasileira de Direitos Reprográficos.

Edição – 2025

Editora Manole Ltda.
Alameda Rio Negro, 967 – CJ 717
Barueri/SP

CEP: 06454-000
Fone: (11) 4196-6000
www.manole.com.br | https://atendimento.manole.com.br/

Impresso no Brasil
Printed in Brazil

*Para minha mãe, Ada,
que nasceu no mesmo ano que Bartali
e que atravessou um século difícil
com otimismo.*

Durante o processo de edição desta obra, foram tomados todos os cuidados para assegurar a publicação de informações técnicas, precisas e atualizadas conforme lei, normas e regras de órgãos de classe aplicáveis à matéria, incluindo códigos de ética, bem como sobre práticas geralmente aceitas pela comunidade acadêmica e/ou técnica, segundo a experiência do autor da obra, pesquisa científica e dados existentes até a data da publicação. As linhas de pesquisa ou de argumentação do autor, assim como suas opiniões, não são necessariamente as da Editora, de modo que esta não pode ser responsabilizada por quaisquer erros ou omissões desta obra que sirvam de apoio à prática profissional do leitor.

Do mesmo modo, foram empregados todos os esforços para garantir a proteção dos direitos de autor envolvidos na obra, inclusive quanto às obras de terceiros e imagens e ilustrações aqui reproduzidas. Caso algum autor se sinta prejudicado, favor entrar em contato com a Editora.

Finalmente, cabe orientar o leitor que a citação de passagens da obra com o objetivo de debate ou exemplificação ou ainda a reprodução de pequenos trechos da obra para uso privado, sem intuito comercial e desde que não prejudique a normal exploração da obra, são, por um lado, permitidas pela Lei de Direitos Autorais, art. 46, incisos II e III. Por outro, a mesma Lei de Direitos Autorais, no art. 29, incisos I, VI e VII, proíbe a reprodução parcial ou integral desta obra, sem prévia autorização, para uso coletivo, bem como o compartilhamento indiscriminado de cópias não autorizadas, inclusive em grupos de grande audiência em redes sociais e aplicativos de mensagens instantâneas. Essa prática prejudica a normal exploração da obra pelo seu autor, ameaçando a edição técnica e universitária de livros científicos e didáticos e a produção de novas obras de qualquer autor.

Sumário

Prefácio – Sobre Gino, o Justo, de Alberto Toscano IX
Introdução XIII
1. Itália: um país que pedala 1
2. O pequeno mundo de Ponte a Ema 8
3. Gino, o Piedoso.. 16
4. Ciclismo, fascismo e antifascismo 22
5. O Tour de France 31
6. As leis raciais... 40
7. Esporte, guerra e casamento 52
8. Redes clandestinas 61
9. Gino, o Justo 72
10. Gino, o Velhote...................................... 88
11. Gino e Fausto 103
12. "Estou sempre correndo atrás de alguma coisa!" 119
Posfácio 130
Notas 138

Gino Bartali durante uma etapa do Giro d'Italia em 1950. Ao fundo, um jovem fã aparece sorridente.

Prefácio – Sobre Gino, o Justo, de Alberto Toscano

A bondade sempre me fascinou. Por que, em um mundo onde todos se voltam contra si, onde o instinto de morrer tem precedência sobre o impulso de viver, por que, enquanto o mal operava tão abertamente durante a época do nazismo, alguns homens e mulheres arriscaram suas vidas para salvar outras pessoas? Por quê? Por que estas e não outras?

Porque os que lutam por um pouco mais de solidariedade entre os seres humanos, por um pouco mais de justiça, precisam de referências, exemplos, de vaga-lumes na escuridão. Essa é a razão pela qual, há mais de vinte anos, fui em busca daqueles justos que, para permitir que o mundo exista, o *Talmud* limita a 36, e Pascal a 4 mil.

Na Itália, onde quase 47 mil judeus viviam no início da década de 1930, cerca de 7 mil foram deportados durante a Segunda Guerra Mundial. E os outros? Os outros foram poupados ou salvos, apesar de o regime fascista estar no poder. Mas salvos por quem? Como?

Em Florença, a cidade de Leonardo da Vinci, Dante e Michelangelo, o grande historiador de arte americano e especialista no Renascimento italiano Bernard Berenson escreveu de sua Villa I Tatti, onde morava, longe da Gestapo: "Até mesmo um padre dominicano teve de fugir de seu mosteiro por medo de ser preso e se refugiou em minha companhia". Berenson também relatou que o cardeal de Florença, Elia Dalla Costa, declarou-se culpado no lugar de um padre, que o regime havia acusado de esconder um judeu. Foi acompanhando a história desse homem incrível e bom, que se recusou a abrir as janelas de sua reitoria no dia da visita de Hitler a Florença, que descobri o nome de seu amigo, Gino Bartali.

O que esse grande campeão do mundo do ciclismo, o esportista mais querido da Itália, estava fazendo na mesma lista de padres que arriscaram a vida para salvar pessoas? Tentei entrar em contato com ele e descobrir, mas não obtive sucesso. Fui informado de que Gino Bartali não tinha nada a dizer, pois não havia feito nada de especial. Além de pedalar e vencer corridas de ciclismo.

Meu amigo, Alberto Toscano, teve mais sorte do que eu. Ele, provavelmente, era mais perseverante e fascinado pela história dos esportistas que se opuseram ao fascismo. O atleta afro-americano Jesse Owens, por exemplo, que desafiou Hitler e seu conceito de "raça superior" (branca, é claro), ao vencer os Jogos Olímpicos de Verão de Berlim em 1936. Ou aqueles que agiram como verdadeiros crentes e verdadeiros esportistas, como Gino Bartali, que levou a sério o ensinamento cristão de "bata e a porta lhe será aberta" [Mateus 7:7]. "Gino, o Piedoso", que usou sua bicicleta e sua popularidade para transportar documentos falsos por várias regiões italianas, abriu a porta da vida para quase oitocentos judeus italianos.

Alberto Toscano, um jornalista bom, consciente e preciso, encontrou seu herói. Neste livro, ele descreve como o ciclismo, em um país onde o esporte continua sendo o sonho de vários milhões de adolescentes, poderia abrir caminho para que um campeão, um esportista não menos admirado pelos italianos do que sua bicicleta, realizasse tal gesto de humanidade.

O texto de Alberto Toscano é leitura obrigatória. Além de ser uma aventura, restaura uma página que estava faltando no sempre emocionante e sempre atual livro da vida.

Marek Halter

Gino Bartali, vencedor do Tour de France de 1938.

Introdução

Há momentos em que o esporte faz história, e há atletas que ganham mais do que apenas medalhas. Hitler concebeu os Jogos Olímpicos de 1936 como o palco perfeito para sua propaganda racista, e Jessie Owens mostrou ao mundo o absurdo do racismo. Este livro trata de esporte, história e política. Ele examina a vida de Gino Bartali, o homem e o atleta, compartilhando com ele alguns momentos fundamentais da história italiana e europeia. Ele fala de eventos reais e usa citações autênticas, mas a vida de Gino é tão extraordinária que a realidade às vezes assume um ar imaginário e a verdade pode parecer um romance. Esta obra é sobre um italiano que atravessou o século XX do começo ao fim, tornando-se um protagonista na vida de seu país. Um homem simples e corajoso cujo estudo nunca foi além da escola primária, mas que sempre foi guiado pelo respeito a seus valores, a sua sabedoria e vontade. Ele expressou isso fazendo o que sabia e o que queria fazer: andar de bicicleta. Bartali se dedicava ao esporte, sem abrir mão de outras obrigações e sem fechar os olhos para outros problemas ou para problemas dos outros. Fazia política enquanto pedalava. A verdadeira política. A de uma pessoa coerente, não a de uma pessoa com a cabeça enfiada na areia. Quando os eventos e as tragédias da Segunda Guerra Mundial lhe colocaram em um dilema, se comprometer ou permanecer cego aos fatos, Gino escolheu o primeiro caminho e não hesitou em correr riscos para salvar vidas.

Gino Bartali (1914-2000) é um personagem extremamente cativante e extremamente ligado à sua terra natal, a Toscana, e à sua cidade natal, Florença. Foi nela que vivenciou os dois momentos mais difíceis da história moderna da capital renascentista: a ocupação nazista de 1943-1944 e a devastação causada pela inundação do rio Arno em novembro de 1966. Como atleta, Gino viajou mais de 700 mil quilômetros de bicicleta: ele quase poderia ter ido à Lua e voltado para a sua amada Florença. Ao longo desses 700 mil quilômetros, há aqueles que se interessam pela história do esporte e aqueles que se interessam pela história da humanidade.

Considere por um momento a primeira das opções. Bartali participou de 988 competições e obteve 184 vitórias no período de 1931 a 1954. Ele venceu o Tour de France em 1938 e 1948 (doze vitórias em etapas, vinte camisas amarelas e dois Grand Prix de Montanha: 1938 e 1948). Venceu o Giro d'Italia em 1936, 1937 e 1946 (dezessete etapas, cinquenta *maglia rosa*,[1] sete prêmios de melhor escalador: 1935, 1936, 1937, 1939, 1940, 1946, 1947). Ele também participou de quatro corridas Milão-Sanremo (1939, 1940, 1947, 1950), dois Tours pela Suíça (1946, 1947), três Tours pela Lombardia (1936, 1939, 1940), três Tours pelo Piemonte (1937, 1939, 1951), cinco Tours da Toscana (1939, 1940, 1948, 1950, 1953), um Tour de Romandie (1949) e um Tour no País Basco (1935). Ele foi coroado campeão da Itália quatro vezes (1935, 1937, 1940, 1952) e é descrito como um dos melhores "escaladores" de todos os tempos. Talvez o melhor.

No entanto, na Itália indignada e martirizada de 1943-1944, Gino participou de outro evento muito diferente. Naquela época, o país estava dividido em dois, com os Aliados avançando do sul contra os ocupantes alemães, apoiados pelos fascistas, que impunham seu domínio e perseguição em grande parte da Itália. Milhares de judeus se esconderam em abrigos, alguns mais seguros que outros. Muitos deles se refugiaram em conventos. Mesmo escondidos, eles precisavam de documentos de identidade falsos para ter acesso a rações de alimentos, para tentar viajar para uma zona mais segura ou, simplesmente, para não serem pegos pelos nazistas. A rede à qual Gino pertencia era responsável pela fabricação e entrega desses documentos falsos. Na verdade, foi com essa finalidade que o campeão de ciclismo percorreu os quilômetros mais importantes de sua vida e, em particular, da vida de outras pessoas. Milhares de quilômetros no coração de um país devastado pela guerra, onde cada movimento provocava a suspeita dos nazifascistas e acarretava enormes perigos. Bartali assumiu esses riscos, e foi graças a pessoas corajosas como ele que uma rede clandestina conseguiu salvar centenas de judeus na Toscana e na Úmbria.

Quando a guerra terminou, Gino voltou às suas atividades esportivas. Ele nunca falou, publicamente, sobre o que fez contra a barbárie nazista. Ele estava apenas "andando de bicicleta". Foi somente no final do século e no final de sua vida que surgiram informações precisas sobre sua presença na rede de ajuda aos perseguidos que foi muito ativa em 1943-1944, especialmente em Florença e em Assis. Com o passar das décadas, livros e filmes tornaram-se cada vez mais explícitos sobre o papel de Bartali nas redes clandestinas, que atuavam em coordenação com a Resistência italiana. Entretanto, a atitude de Gino não mudou. Ele achava que tinha cumprido seu dever ao ajudar a salvar vidas. Nada mais. Não havia motivo para se gabar. Gino – apelidado de *Ginettaccio* graças à sua reputação de ser um eterno resmungão e um "carrasco gentil" – nunca gostou de falar sobre suas atividades fora do esporte. Ele só queria ser conhecido e reconhecido por suas conquistas como ciclista, porque acreditava que os outros elogios acabariam sendo concedidos a ele em outra vida e em outro mundo.

Não posso saber (e quando puder não poderei lhe dizer...) se, no outro mundo, São Pedro lhe deu sua medalha. Mas sabemos que, após sua morte, os seres humanos deste mundo finalmente reconheceram todos os seus méritos. Em 2005, o presidente italiano Carlo Azeglio Ciampi concedeu postumamente a Gino Bartali a "medalha de ouro pelo mérito cívico",[2] que ele confiou à sua viúva, Adriana, em 2006. As razões apresentadas para o prêmio foram que, "ao colaborar com uma rede clandestina que hospedava e ajudava políticos perseguidos e aqueles que haviam escapado dos ataques nazifascistas na Toscana, [Bartoli] conseguiu salvar a vida de cerca de oitocentos judeus".[3] Em 2013, o Memorial Yad Vashem em Jerusalém proclamou Gino Bartali um "Justo entre as Nações". Essa honra é atribuída pela instituição após estudos prolongados e verificações detalhadas sobre os não judeus que agiram com coragem e sob risco de vida para salvar as vidas de vários judeus, ou mesmo a de apenas um, durante o nazismo e o genocídio do povo judeu. O nome desse campeão de ciclismo tornou-se o símbolo de sua moralidade e de uma concepção nobre do esporte: Gino sempre odiou o *doping* e evitou cuidadosamente passar por qualquer situação desse tipo. Ao tentar explicar sua filosofia a um de seus três filhos, Andrea, Gino disse certa vez, de forma muito simples: "Não tolero arrogância ou aqueles que a praticam".[4]

Meu pai às vezes me falava sobre a arrogância alheia que sofria, embora, para dizer a verdade, raramente falasse de sua experiência pessoal. A experiência de um homem que, em uma manhã, na cidade italiana de Novara, foi demitido do emprego por "razões raciais", tendo sido apelidado de "não ariano". Em 10 de setembro de 1943, ele pedalou até o lago Maggiore com a intenção de se refugiar na Suíça com seu irmão. Em 12 de setembro, soldados alemães chegaram a essa área, que ficava perto da fronteira. Eles haviam estado na frente russa e, portanto, terminar o verão perto do lago Maggiore tinha um sabor de férias para eles. A caça aos migrantes começou. Rejeitado pelos

Introdução

suíços, o homem de 36 anos teve que voltar para as montanhas italianas e foi somente em sua segunda tentativa que conseguiu entrar para a Confederação Suíça, que o forçou a permanecer em um centro de internação de refugiados até o final da guerra. Outras pessoas na mesma rota foram capturadas e mortas. Em Meina, na província de Novara, dezesseis judeus foram levados pela SS e fuzilados em 15 de setembro. Seus corpos flutuaram nas águas do lago Maggiore. Uma mensagem e um presságio.

Eu gostaria de dizer ao leitor que escrever esta obra foi algo muito especial para mim e me fez lembrar de histórias ouvidas há muito tempo. As histórias de uma geração que enfrentou um momento terrível na história da Europa. Aqueles que atacam a Europa hoje deveriam pensar nas memórias de guerra que existem – ou já existiram – muito intensamente na história de sua própria família. Certamente esse não é um bom motivo para aceitar tudo da Europa, mas é um bom motivo para evitar a destruição de tudo.

1

Itália: um país que pedala

No princípio era a bicicleta. "Você encontrará sua bicicleta agora ou nunca",[5] disse o vidente ao desempregado Antonio Ricci, o protagonista de *Ladri di Biciclette* (*Ladrões de bicicleta*). Um belo filme e um magnífico retrato da Itália pobre e trabalhadora do imediato período pós-guerra. Obra-prima do neorrealismo italiano, o filme foi lançado em 1948, ano em que a façanha esportiva de um homem – a segunda vitória de Gino Bartali no Tour de France – simbolizou a vontade desse mesmo povo de se encontrar, se reunir e reviver após as tragédias do fascismo e da guerra. Os filmes desse período que retratam a Itália enfatizam a dimensão trágica do problema do desemprego em uma sociedade abandonada à própria sorte. Antonio Ricci é um pai, desempregado há dois anos, para quem a "bicicleta" significa "esperança". É preciso pedalar para mudar de vida. Com a esposa e o filho, ele sobrevive em Roma em uma *borgata* – uma espécie de subúrbio romano, um universo particular, onde os antigos camponeses têm dificuldade de se tornar novos trabalhadores. O cenário é o dos subúrbios invadindo o campo, um conceito que estaria presente em vários filmes de Pier Paolo Pasolini, como *Mamma Roma* (1962) e *Uccellacci e uccellini* (*Os falcões e os pardais*, 1966). Antonio Ricci, o herói de *Ladrões de bicicleta*, tem a sensação de estar renascendo quando lhe é oferecido trabalho para pendurar pôsteres pela cidade de Roma, devastada pela guerra. Com uma condição: fornecer seu próprio meio de transporte. "Ricci, não se esqueça de trazer sua bicicleta",[6] diz Antonio, no dialeto romano, que é responsável pela mediação entre aqueles que estão desempregados e prontos para qualquer coisa e os empregadores que estão prontos para explorar sua angústia. Para Antonio, estar sem uma bicicleta significa estar sem trabalho e perder a tão necessária oportunidade de se tornar um cartazista profissional.

Na Itália do século XX, a bicicleta era o cavalo do pobre, o cavalo do camponês, o cavalo de todos aqueles que tinham poucos recursos e que nutriam o forte desejo de trabalhar. "Éramos crianças rurais e camponesas",[7] diria Gino Bartali no final de sua vida ao falar sobre sua geração de ciclistas. Pessoas simples, espontâneas e determinadas, feitas da mesma substância que seus próprios sonhos. E o primeiro sonho era simplesmente poder comer direito. "Então eu poderia comer alguma coisa!".[8] disse o ciclista camponês Ottavio Bottecchia, no dialeto (desculpe, idioma) de Friuli, quando perguntado sobre competir em seu primeiro Tour de France em 1923.

A bicicleta – ou *bicicletta*, na linguagem de Dante, que não teve a chance de conhecer uma e, portanto, usá-la para cantar serenatas sob as janelas de sua Beatrice –, foi o sonho de gerações de crianças em busca de liberdade. Se a bicicleta fascinou tanto os italianos, é porque ela é a filha de seu país e a mãe do desejo e da possibilidade. O desejo de se sentir livre como o ar, de se deslocar de um lugar para outro, graças aos músculos de um povo acostumado a pedalar. Significava especialmente a oportunidade de trabalhar em um país que, após a Segunda Guerra Mundial, estava entre os mais pobres e menos organizados da Europa ocidental. Nas décadas de 1940 e 1950, andar de bicicleta praticamente rimava com trabalhar. Pedalar, trabalhar, dormir.

As esperanças do pequeno Gino Bartali também assumiram a aparência de uma bicicleta. Dessa vez se tratava da vida real e não de um filme neorrealista. Na Itália do século XX, os campeões de ciclismo transformariam a bicicleta em uma bandeira do orgulho nacional, bem como em um símbolo de trabalho e liberdade. Para exaltar essa paixão pelo ciclismo e a imensa popularidade dos campeões nacionais sobre duas rodas, o escritor Curzio Malaparte descreveu a ironia e o paradoxo:

> "Na Itália, a bicicleta faz parte do patrimônio artístico nacional da mesma forma que a Mona Lisa, a cúpula de São Pedro ou a Divina Comédia. É surpreendente que ela não tenha sido inventada por Botticelli, Michelangelo ou Rafael. Se por acaso você disser, na Itália, que a bicicleta não foi inventada por um italiano, verá todos os olhos escurecerem ao seu redor, uma máscara de tristeza cobrindo todos os rostos".

Malaparte escreveu essas palavras em um pequeno livro que relembra, como descrito em seu título, o campeão toscano sobre duas rodas: *Coppi e Bartali*, de 1947, dizendo como os campeões do ciclismo se tornaram uma verdadeira expressão da nação italiana e os rostos da "Bota".

Como no caso de Giordano Cottur, o piloto de Trieste que, em 1946 (no centro de amargas tensões internacionais após a Segunda Guerra Mundial), venceu em sua cidade natal uma das etapas mais dramáticas da história do Giro d'Italia. Giordano correu pela equipe Wilier, que produzia bicicletas em Bassano del Grappa, no Vêneto, às margens do rio Brenta, desde 1906. Na época, Pietro Dal Molin, o chefe da empresa, não apoiava a ideia de Trieste ser cedida à Iugoslávia de Tito. Ele transformou suas bicicletas em "testemunhas itinerantes" da causa nacional. Dal Molin rebatizou sua empresa Wilier Triestina e, na primeira edição do Giro d'Italia depois da guerra (1946), fez de Giordano Cottur, natural de Trieste, o líder de sua equipe. Em Trieste, as comemorações de Cottur se tornaram um sinal para os participantes da Conferência de Paz, que seria realizada alguns dias depois no Palais du Luxembourg, em Paris, para definir as fronteiras italianas. A bicicleta Wilier Triestina da Cottur expressou o desejo da Itália de um renascimento por ocasião do Giro de 1946, que foi vencido por Gino Bartali. Hoje, no século XXI, a ciclovia de Trieste, dedicada a Giordano Cottur, vai até a Eslovênia, portanto dentro do território da antiga Iugoslávia. Um sinal de paz na forma de bicicleta nos locais onde, em 1945-1946, existiam as tensões muito vivas do período pós-guerra na Europa.

Infelizmente para Malaparte, o melhor tributo ao ciclismo não é obra de um italiano. Mas não se surpreenda. É normal que o maior artista do mundo, Pablo Picasso, do século XX, seja também o autor da obra que exalta o esporte mais emocionante daquele século e o mais profundamente humano. Falo da obra que, em sua extrema simplicidade, é uma apologia à bicicleta, associando-a ao fascínio pelo majestoso animal que é o touro. E até mesmo – pode-se imaginar – associando a bicicleta àquela criatura fabulosa da mitologia grega, o Minotauro. Queremos pensar em um novo Minotauro, com a cabeça de um touro e o corpo de uma bicicleta. E em uma nova mitologia adaptada ao século que Gino Bartali atravessou do começo ao fim. Além disso, é em seu livro *Mitologias* (1957) que Roland Barthes escreve: "Há um Tour de France onomástico que nos diz por si só que o Tour é um grande épico". É Barthes quem compara o Tour à Odisseia, fazendo do campeão de ciclismo um Ulisses dos tempos modernos. Quanto a Pablo Picasso, a obra em questão é, obviamente, a escultura *Cabeça de Touro*, feita em 1942. A combinação elementar e, portanto, natural de um guidão de bicicleta e um selim de couro para sugerir a cabeça de um touro nos leva a um mundo de força, determinação e coragem. A coragem de Gino Bartali, que praticava o ciclismo desde a infância e que se tornou um símbolo mundial do esporte. Além disso, a bicicleta lembra cada um de nós de nossos anos de infância e da vida em família. "Alberto, não vá longe quando estiver brincando com sua bicicleta!", minha mãe sempre me dizia em Galliate, no meio de plantações de arroz e milho. A bicicleta também era isso. O brinquedo mais bonito de minha infância. E talvez o da sua também.

Para Gino Bartali, o ciclismo era um membro completo de sua família. Ele até mesmo dormia com sua bicicleta, que guardava cuidadosamente em seu quarto. Como outros grandes campeões de ciclismo – Eddy Merckx e Marco Pantani, por exemplo –, ele adorava limpar cuidadosamente a bicicleta após cada corrida e cada treino. Gino falava com sua bicicleta e muito mais tarde falaria sobre ela, dizendo:

> "Eu era muito exigente em relação a tudo quando se tratava de minha bicicleta. Quando eu estava sentado no selim, éramos um só. Nem um ruído estranho, nem um parafuso mal colocado escapavam de mim. Eu cuidava de tudo pessoalmente. A única coisa que se ouvia quando eu estava pedalando era a leve brisa nos raios da bicicleta e o ar que ela movia ao longo do percurso. Como eu me importava com minha bicicleta! Ela era minha companheira, minha vida, meu instrumento de trabalho".[9]

Em novembro de 1940, Gino se casou com Adriana, a caixa e assistente de uma loja em Florença, de quem estava noivo havia quatro anos. Adriana sofreu seu primeiro choque ao assistir, atônita, à cerimônia de retorno de Gino após um treino. Ele começou tomando um banho, antes de mergulhar sua adorada bicicleta, que limpou com cuidado em busca da perfeição e com carícias amorosas. Gino a lavou, limpou e mimou como se fosse um bebê. Muito tempo depois, Adriana contaria a seus filhos que, um dia, Gino estava andando pelas ruas de Florença, com uma mão estendida e segurando o guidão de sua bicicleta com a outra. Com um sorriso, Adriana lhe perguntou: "Qual de nós duas você prefere?" Ao que Gino respondeu: "Você, é claro!", embora seu olhar parecesse se voltar para a bicicleta como se estivesse se desculpando, pedindo sua compreensão e perdão. Como se quisesse explicar à bicicleta que não poderia responder de outra forma. Muito mais tarde, ele faria uma confissão muito incomum à mídia italiana: "Eu olhava para minha bicicleta como um amante!". Gino amava tanto sua bicicleta quanto sua família. Durante a guerra, foi em uma bicicleta que, na noite de 2 para 3 de outubro de 1941, ele violou o toque de recolher em Florença para buscar uma parteira e carregá-la no quadro da bicicleta até sua casa para que ela pudesse cuidar de Adriana, que deu à luz seu primeiro filho, Andrea. Ele repetiria essa mesma corrida louca pelas estradas de Florença em 1943, na busca desesperada por um médico, que dessa vez chegaria tarde demais: seu filho foi um natimorto. Na manhã seguinte, Gino pegou a bicicleta para levar o pequeno corpo ao cemitério de Ponte a Ema, no pequeno caixão que ele mesmo havia feito, e enterrá-lo no jazigo da família, ao lado de seu irmão, Giulio. Um funeral solitário no meio da guerra. Um homem em uma bicicleta, chorando, com o corpo de uma criança que nunca havia vivido, que nunca havia chorado.

Hoje, muitas das bicicletas de Gino estão em exposição no Museu Bartali. Onde? Em Florença, claro. Na localidade suburbana que ainda é Ponte a Ema, onde a cidade se dissolve no campo e nas colinas.

Gino Bartali exagerava um pouco, mas também é verdade que, para todos aqueles que foram crianças, a bicicleta é um objeto como nenhum outro. Os que não gostam de andar de bicicleta provavelmente são pessoas muito infelizes. Além disso, junto com uma fotografia autografada, a bicicleta foi o objeto que Bartali levou de presente para o menino judeu Giorgio Goldenberg, em 16 de julho de 1941, depois que ele foi expulso de sua escola em Fiume por causa da perseguição racial fascista, e que agora estava refugiado com a família em Fiesole, perto de Florença. Essa criança judia tinha muitos motivos para se sentir em perigo, mas a pequena bicicleta de Gino Bartali o ajudou a sonhar com a liberdade. Para sempre sonhar e cultivar a esperança de um mundo melhor.

2

O pequeno mundo de Ponte a Ema

Gino nasceu em um subúrbio de Florença, em Ponte a Ema, onde a capital da Toscana começa a se dissolver em um horizonte de colinas desenhadas como bordados. De fato, a mãe de Gino, *mamma* Giulia, era frequentemente encontrada bordando no seu tempo livre, junto com suas duas filhas, Anita e Natalina. Em uma região onde o artesanato predomina, a agulha e o gancho eram uma fonte de renda decente. Poderia ter sido moeda corrente em milhares de vilarejos italianos, em que o artesanato caseiro e familiar complementava (e como) o trabalho realizado no campo ou em pequenas fábricas.

Os tempos eram difíceis no início do século XX, e era preciso encontrar dinheiro para comer e viver. Com a pá na mão, Torello Bartali, o pai de Gino, se desdobrava em trabalhos de construção e no campo. Em italiano, sua profissão era *sterratore* (marinheiro, trabalhador braçal); ele movia a terra usando apenas a força dos braços. Seus sonhos eram simples: que suas filhas se casassem e possuíssem um pequeno pedaço de terra para que, um dia, esperançosamente, os filhos delas pudessem trabalhar sem serem explorados.

Ele acreditava nos ideais socialistas, portanto um pouco de justiça social também seria bem-vinda.

Gino começou a trabalhar durante seus anos de escola primária, ajudando as irmãs a fazer rendas e passando parte de suas férias de verão nas oficinas de ráfia. "Meu sonho era ter uma bicicleta", ele diria muito mais tarde em suas memórias. Depois de seis anos na escola, Gino deixou os estudos sem arrependimentos e começou a trabalhar como aprendiz de mecânico para Oscar Casamonti, dono de uma loja no vilarejo especializada no conserto de bicicletas. Aos 12 anos, ele conseguiu realizar seu primeiro sonho na vida: com o dinheiro do bico e do cofrinho da família, conseguiu comprar uma bicicleta usada e, embora ela estivesse em péssimas condições, começou a consertá-la com Casamonti. Graças à bicicleta, Gino começou a levar recados para a família e os vizinhos. Ele não precisava conhecer Albert Einstein para descobrir o significado mais profundo por trás da famosa frase do físico: "A vida é como andar de bicicleta: para manter o equilíbrio, você precisa continuar se movendo". Assim, ele ganhava algum dinheiro entregando itens, como os tecidos bordados pelas mulheres de sua família. Havia, é claro, um bonde de Ponte a Ema para o centro de Florença, mas ele não precisava dele. Tinha sua bicicleta. Esse trabalho extra era uma oportunidade adicional para pedalar, pedalar e pedalar mais um pouco. A paisagem dessa parte da Toscana é um campo de treinamento ideal para subidas e descidas: linda de se ver, mas difícil de navegar quando você está abastecido apenas com sopa de feijão e seus bíceps e quadríceps são seu motor.

Ponte a Ema faz parte do município de Florença, mas na época do nascimento de Gino ainda era uma cidade tradicional. Um vilarejo italiano, com sua igreja, escola primária e oficinas de artesanato. Em 18 de julho de 1914, em Florença e no restante da Itália, os habitantes pensavam em tudo menos na guerra que se aproximava. Os jornais falavam de escândalos, greves e discussões no Parlamento.

Os Bálcãs estavam distantes e poucas pessoas sabiam sobre uma cidade chamada Sarajevo, onde vinte dias antes, em 28 de junho, o jovem bósnio Gavrilo Princip havia assassinado o arquiduque Franz Ferdinand de Habsburgo e sua adorável esposa. *La Domenica del Corriere*, um suplemento semanal ilustrado do jornal *Il Corriere della Sera*, publicou uma imagem do ataque em Sarajevo e dedicou a ilustração colorida da última página a uma violenta disputa entre deputados italianos, um dos quais havia derrubado a caixa que continha as cédulas de votação do Parlamento. Dez dias após o nascimento de Gino, teve início a Primeira Guerra Mundial. Uma guerra mundial, mas ainda não uma guerra italiana. A escolha (muito discutível) de entrar no conflito seria feita por Roma no ano seguinte, em 26 de abril de 1915, no mesmo dia do acordo secreto (o Tratado de Londres) entre a Tríplice Entente (França, Reino Unido e Rússia) e uma Itália que ainda era teoricamente aliada de Berlim e Viena. O Parlamento italiano votou então para entrar na guerra, mas a decisão já havia sido tomada secretamente de qualquer maneira. Qual era o objetivo da votação? Se era assim que as coisas deveriam acontecer, não é de surpreender que as urnas tenham sido jogadas no chão!

Em 24 de maio de 1915, os italianos começaram a lutar ao longo da fronteira entre a Austro-Hungria e a Itália – a Frente Italiana. Giulio, o último da família Bartali, nasceu durante as hostilidades de 1916. Os tiros de canhão estavam muito longe da Toscana, mas os mortos vieram de toda a Itália. A paz foi declarada em 1918, mas o país não estava em paz. Em três anos e meio de uma guerra terrível, a Itália contabilizou 650 mil mortos, incluindo 400 mil na frente de batalha, 100 mil em cativeiro e 150 mil mortos ou feridos em operações militares. Nessa Itália vitoriosa e castigada havia também 500 mil homens mutilados e incapacitados. Sem contar a pandemia de "gripe espanhola", que causou cerca de 400 mil mortes entre o final de 1918 e o início de 1919. O país estava à beira do abismo. As dificuldades econômicas eram enormes e a sociedade estava dividida, sem que nem os políticos nem as instituições conseguissem lidar com as consequências da abertura da "caixa de Pandora" em 1915. Nesse cenário de crise e confusão, os nacionalistas afirmaram seu poder por meio da violência, e, em 28 de outubro de 1922, seu líder foi nomeado presidente do Conselho pelo rei Vítor Emmanuel III. O homem em questão, Benito Mussolini, foi batizado assim porque seu pai aproveitou o nascimento do filho para homenagear seus ideais socialistas e o revolucionário mexicano Benito Juárez. O pai de Bartali também se inclinava politicamente para os ideais socialistas, mas certamente não queria uma revolução, fosse ela mexicana ou italiana. Os Bartali eram uma boa família cristã que seguia, um passo após o outro, a velha e imortal sabedoria da Itália camponesa.

O físico de Gino não lembrava em nada o de um atleta. Ele não era alto (1,71 metro) e seus músculos não eram visíveis, a ponto de os amigos zombarem de sua aparente fragilidade. A resposta de Gino era sempre a mesma: tudo estava perfeitamente preparado para o ciclismo, e ele passava horas pedalando. O adolescente Gino falava de sua paixão esportiva para seu chefe, Oscar Casamonti, na oficina onde trabalhava três dias por semana como aprendiz de mecânico. Oscar também era um ciclista amador, pois o esporte era muito popular em toda a Itália, com muitas competições organizadas em todos os níveis. Os prêmios para o primeiro lugar eram geralmente muito pequenos, mas os tempos estavam difíceis e vencer era um bom hábito a ser adquirido. Além disso, pedalar e treinar era divertido. Um dia, Oscar, que agora tinha plena consciência da paixão de Gino pelo ciclismo, decidiu levá-lo com alguns amigos para um treino de 100 quilômetros. Oscar se via como uma espécie de campeão do ciclismo, acelerando assim que havia uma colina, enquanto os outros ciclistas perdiam contato com ele um após o outro. Todos exceto o garoto que ele havia contratado, que ele via como um bom aprendiz de mecânico e que agora também estava começando a parecer um jovem campeão em seu amado esporte. Oscar havia se tornado quase um segundo pai para Gino. Seu pai atleta. O verdadeiro batismo aconteceria em 19 de julho de 1931, em Rovezzano, outro subúrbio de Florença, durante uma competição de ciclismo para meninos com menos de 16 anos. Gino venceu, mas foi desclassificado por ter comemorado seu décimo sexto aniversário no dia anterior à corrida, que obviamente era reservada para "menores de dezesseis anos". Se ao menos a mamãe Giulia tivesse esperado algumas horas antes de dar à luz! Embora Gino não tenha ganhado o grande prêmio em Rovezzano, recebeu muitos elogios, e, principalmente, foi muito importante para ele ter experimentado sua primeira vitória. Naquele mesmo ano, ele participou de oito corridas e venceu três.

Mas agora havia um problema. Dois, para ser mais preciso. O primeiro era a oposição de seu pai, Torello Bartali, à ideia de que seu filho pudesse escolher a bicicleta como profissão. É interessante imaginar uma conversa entre Torello e Gino enquanto eles, na frente de outros membros da família, discutem o ciclismo como profissão. No filme *Gino Bartali, l'Intramontabile* [Gino Bartali: o eterno], feito em 2006 por Alberto Negrin para a televisão italiana, a conversa foi a seguinte:

— Gino, você quer ser ciclista? Que tipo de trabalho é esse?
— Uma profissão esportiva!
— E do que vamos viver?
— Das vitórias!
— E se você não ganhar?
— Eu vou ganhar!

Graças ao apoio do restante da família, especialmente de seu irmão Giulio, que também era amante do esporte e ciclista amador, Gino conseguiu resolver o primeiro problema, e *papà* Torello lhe deu sinal verde. Entretanto, para ganhar dinheiro ele precisava vencer corridas. Mas será que ele precisava vencê-las ou poderia perdê-las? Essa era a segunda questão, mais intrigante. Após sua primeira série de vitórias em 1931, o jovem Bartali entendeu que, na verdade, era possível ganhar muito mais dinheiro chegando em segundo lugar. Esse era um detalhe importante em uma família onde sempre se tinha medo da pobreza e onde se estava acostumado a dar atenção ao dinheiro, até mesmo aos pequenos centavos. De fato, sua superioridade era tão grande que, durante as corridas para jovens amadores, depois de começar em uma fuga com outro competidor, ele às vezes recebia uma proposta bastante incomum do outro piloto: "Se você me der a vitória, eu lhe darei meu prêmio! Foi assim que ele conseguiu repetidamente o primeiro e o segundo lugares, e as recompensas financeiras logo se tornaram interessantes. Um dia de trabalho na oficina de Oscar Casamonti, um trabalho que Bartali continuava a fazer três dias por semana, lhe rendia 10 liras. Enquanto isso, uma vitória rendia entre 40 e 50 liras e o segundo lugar, entre 30 e 40. Quando Gino voltava para casa com 90 liras, a família podia comemorar e a vida parecia mais bela, mesmo que nenhum de seus membros soubesse do pequeno segredo de Gino em sua luta contra a pobreza.

Em 1932, Gino conquistou onze vitórias e dezessete segundos lugares em 39 corridas no total. Bartali era membro da *Società Sportiva Aquila* (Clube Esportivo Águia) de Ponte a Ema, cujos líderes eram todos muito experientes. Desde a invenção da bicicleta, todas as corridas eram repletas de acordos cordiais e, às vezes, secretos. Certos estratagemas menores eram compreensíveis, como o caso comum de um ciclista de fuga que almeja a vitória na etapa e outro cujos pensamentos estão puramente voltados para a classificação geral de uma corrida de etapa. O primeiro fará um grande esforço durante todo o dia depois de conseguir que o segundo prometa desistir do *sprint* na linha de chegada. Em outras situações, as fronteiras da moralidade e até mesmo da decência às vezes são ultrapassadas. No caso do jovem Gino, o medo da pobreza muitas vezes resultava em acordos desse tipo entre amigos. No entanto, eles não duraram muito, porque no início da década de 1930, na Toscana, a Società Sportiva Aquila estava sedenta por vitórias. Eles ofereceram a Bartali um acordo: "Para cada vitória, dobraremos o prêmio, mas você precisa fazer tudo o que puder para vencer!". Assim, as 50 liras passaram a ser 100. Todos ficaram felizes e o esporte levou a melhor.

Em 1933, Gino participou de 29 corridas e venceu dezesseis. Outras dezesseis vitórias se seguiram em 1934, mas esse ano também foi marcado pelo primeiro acidente grave na vida esportiva de Bartali. Em Grosseto, na Toscana, ele estava totalmente empenhado na corrida de velocidade quando se feriu gravemente em um acidente. Durante um inverno muito frio, em uma época em que ninguém se atrevia a falar sobre o aquecimento global, Gino sofreu sérias dificuldades respiratórias depois de passar muito tempo brincando na neve com seus amigos de Ponte a Ema. Seu nariz grande e pontudo e sua voz rouca permaneceriam para sempre como dois de seus traços mais característicos e famosos, sem mencionar sua personalidade rude, porém benevolente, que lhe rendeu o apelido intraduzível de *Ginettaccio*. Um dos judeus resgatados por Bartali, Giorgio Goldenberg, diria mais tarde a seu respeito: "Ele era um homem bom que forjou uma carapaça para se proteger".[10]

Ginettaccio, o homem com uma natureza generosa, briguenta e resmungona, era um dos muitos apelidos de Bartali; *Gino il Pio* (Gino, o Piedoso, obviamente devido à sua natureza e por sua devoção religiosa), *Gino il Giusto* (Gino, o Justo, por sua determinação em sempre lutar pelas causas que considerava dignas de serem defendidas) e *Gino il Vecchio* (Gino, o Velho, devido à longevidade de sua carreira esportiva, que o levou a competir por um quarto de século). Os outros apelidos se referiam às suas origens regionais (o Leão da Toscana), à sua fama como escalador (o Rei das Montanhas) e, como sempre, à sua determinação (o Homem de Ferro). No entanto, o Homem de Ferro tinha um coração de ouro. Não apenas em termos de compaixão, mas também do ponto de vista médico: o coração de Bartali era excepcionalmente forte e, portanto, permitia que ele alcançasse desempenhos esportivos excepcionais. Sua frequência cardíaca em repouso era, em média, de 32 a 34 batimentos por minuto, o que era um feito e tanto para um homem que pesava 64 quilos e media 1,71 metro. Em 13 de julho de 1937, o jornalista esportivo Herman Grégoire publicou um artigo sobre Bartali no *Le Petit Parisien*, o principal jornal francês da época, com base em uma conversa que tivera com Eberardo Pavesi, diretor esportivo da equipe de ciclismo de Bartali, a Legnano. O artigo dizia: "Conheci Pavesi, que estava sempre mais corpulento, sempre mais careca, sempre mais simpático do que nunca". O jornalista perguntou ao homem que havia lançado Bartali no mundo do ciclismo profissional qual era o segredo de seu sucesso. A resposta? "O segredo de Bartali? Vou lhe contar. Somente quando ele se esforça é que seu coração bate no mesmo ritmo que o nosso! Você entendeu? Seu esforço é o que é normal para nós!" Entretanto, a frequência cardíaca de Bartali surpreendeu alguns médicos, tamanha a sua peculiaridade. Durante um *check-up*, quando foi convocado para o exército em 1940, um médico chegou a sugerir que ele deveria ser demitido por motivos de saúde. No entanto, outro médico apontou que seria muito incomum demitir alguém por razões médicas depois de ele já ter vencido o Giro d'Italia e o Tour de France!

3

Gino, o Piedoso

Gino Bartali sempre gostou de se definir por sua fé religiosa, que era tão sincera, profunda e tão obviamente demonstrada que às vezes podia parecer um pouco ingênua. Sua fé o acompanhava durante as corridas, com um ícone da *Madonna* pendurado em sua amada bicicleta. Bartali não seria Bartali se não tivesse herdado da mãe uma crença cristã devota, especialmente na luta contra o fascismo. Na verdade esse campeão esportivo continuaria a recusar um cartão do Partido Nacional Fascista (PNF) em uma época em que esse item era fundamental para qualquer carreira. Ao falar sobre a equipe italiana no Tour de France de 1937, ele disse: "Eu era o único que não tinha o cartão do partido fascista". Ao contrário da maioria dos outros atletas italianos, ele também se recusava a fazer o "*saluto romano*", a saudação fascista, e, por ocasião de suas vitórias, às vezes substituía essa adoração política pelo sinal da cruz. Ele agradecia a Deus, e não ao *Duce*.

Aos 10 anos, Gino tornou-se membro da Azione Cattolica (Ação Católica), uma associação de leigos católicos romanos, mantendo seu cartão de membro no bolso e usando um broche em seu paletó por 66 anos, até seus últimos dias. Ele pode ter trocado o paletó, mas nunca o broche. A Azione Cattolica estava frequentemente em intensa discordância com as organizações juvenis de Mussolini (*Opera Nazionale Balilla, Gioventù italiana del Littorio*) e, em geral, com as instituições do regime que se dedicavam à doutrinação política. As organizações juvenis católicas e fascistas rivalizavam o tempo todo, como a Federação Católica Italiana de Estudantes Universitários (FURCI), que competia com os Grupos Universitários Fascistas (GUF). Fundada em 1867, o lema e a agenda da Azione Cattolica contêm três palavras: "Oração, ação, sacrifício". Bartali levou essas palavras muito a sério, usando-as como seu guia pessoal. Ele integrou a oração a sua vida diária, concebendo-a como um momento de devoção, concentração e meditação. Gino assistia à missa todas as manhãs, inclusive e especialmente durante as principais competições esportivas, como o Giro d'Italia e o Tour de France. Ele se levantava ao amanhecer, ia à igreja e depois se dirigia ao início da etapa – naquela época, as etapas começavam mais cedo do que hoje, pois não eram projetadas para transmissões de TV ao vivo.

Em 1936, aos 22 anos, Gino Bartali era um campeão conhecido e reconhecido nacionalmente. Após seu acidente em 1934, ele decidiu se tornar um ciclista profissional, embora não conseguisse uma equipe disposta a contratá-lo. Em 1935, encontrou finalmente um lugar na equipe italiana Frejus, que lhe garantiu 300 liras por mês, além dos prêmios, que agora não precisavam mais ser dobrados. Naquela época, como aconteceria por décadas, os fabricantes de bicicletas eram a força motriz do ciclismo profissional, graças às equipes que levavam seus nomes. A Frejus de Turim foi, consequentemente, a primeira equipe de ciclismo profissional a contratar Gino. Em março de 1935, a Milão-Sanremo, a "clássica" mais importante das corridas de ciclismo italianas, foi realizada em condições siberianas: dos 202 atletas que iniciaram a corrida, apenas 49 alcançaram à linha de chegada. Bartali estava na liderança a cerca de doze minutos do final da corrida quando o carro do gerente do grande diário esportivo italiano *La Gazzetta dello Sport* apareceu ao seu lado. O dirigente, o famoso e influente Emilio Colombo, começou a falar com ele para tentar distraí-lo. Na maioria das vezes ele queria fazê-lo falar, fazendo-lhe perguntas sobre sua vida e seus primeiros sucessos esportivos. O jovem Gino caiu na armadilha e, ao diminuir a velocidade, foi alcançado pelo famoso campeão italiano Learco Guerra (apelidado de "Locomotiva Humana") e seus dois companheiros de equipe. Gino aprendeu uma lição antiga: "Todo bajulador vive às custas de quem o ouve". Uma lição digna de uma vitória, sem dúvida. Como diria o sr. La Fontaine, Bartali, "envergonhado e confuso, jurou que nunca mais seria enganado – um pouco tarde demais".[11]

Envergonhado e confuso, mas ainda com duas grandes satisfações: um quarto lugar na Milão-Sanremo e um papel de *outsider* agora reconhecido por toda a imprensa, incluindo o *La Gazzetta dello Sport*. Tal reconhecimento foi benéfico para Gino, pois o *La Gazzetta dello Sport* foi o jornal responsável por formar a base da organização do Giro d'Italia. Realizado pela primeira vez em 1909, Gino competiria em seu primeiro Giro em 1935, levando para casa uma vitória na etapa: (seu primeiro sucesso como ciclista profissional), o prêmio dos escaladores e o sétimo lugar na classificação geral. Alguns meses depois, foi contratado por uma equipe muito maior, a Legnano, ao lado da lendária, embora em declínio, equipe Learco Guerra. Pavesi, o diretor esportivo, se tornaria não apenas o conselheiro esportivo de Bartali, mas também seu amigo e confidente. Usando a cor da Legnano (verde), Gino Bartali venceu sua primeira grande corrida por etapas, o Giro d'Italia, em 7 de junho de 1936, em Milão. Foi sua consagração. Sua felicidade.

Às vezes os extremos podem se tocar e a linha entre a grande felicidade e o grande infortúnio se torna tênue, escorregadia e quase inexistente. "Em 14 de junho de 1936 ocorreu o evento mais terrível de toda a minha vida",[12] diria Bartali muito tempo depois. Durante uma corrida para jovens amadores na Toscana, seu irmão mais novo, Giulio, que também era um ciclista promissor, colidiu de frente com um carro que, violando todas as regras, dirigia na direção oposta à da corrida. Estava chovendo muito, e, com a estrada molhada, Giulio não conseguiu evitar a terrível colisão. Apesar de os médicos do hospital em Florença terem conseguido evitar sua morte, os erros cometidos pelo cirurgião acabaram sendo fatais. Naquela época, Gino estava competindo em uma corrida no Piemonte. Ele retornou a Florença e sentou-se ao lado da cama de seu irmão mais novo, segurando sua mão, antes de este morrer, em 16 de junho. Gino ficou devastado. Ele também se sentia culpado e parcialmente responsável pela tragédia que estava envolvendo sua família. Giulio admirava o irmão mais velho e sonhava seguir seus passos tanto na vida quanto em seus passeios solitários pelas colinas da Toscana. Por sua vez, Gino se orgulhava da admiração de Giulio e achava que, como velocista, o irmão mais novo teria sido capaz de imitar seu sucesso. Quando Giulio morreu, Gino parou de correr. Na verdade, ele parou com tudo: fechou-se em sua casa em Ponte a Ema, consumido pela dor e pelo desespero. Em apenas dez dias, ele passou de seu triunfo no Giro para a decisão de desistir completamente do ciclismo. No entanto, quando sua noiva, Adriana, foi visitá-lo na casa da família, foi uma bicicleta que ela colocou em suas mãos, dizendo-lhe: "Você tem que correr por ele! Seja você mesmo! Você precisa ser o homem e o ciclista por quem eu me apaixonei!". Ela conseguiu o efeito desejado: Gino voltou para sua bicicleta e nunca mais a deixou, assim como nunca mais deixou Adriana.

No entanto, não foi apenas o amor que fez Gino decidir acreditar na vida mais do que nunca. Naquele incrível mês de junho de 1936, o conforto também veio de sua cristandade, que lhe trouxe a sensação de ser animado por uma fé capaz de dar sentido até mesmo aos eventos mais absurdos e dolorosos. A vida e a morte eram duas faces de um único mistério, que Gino tentou aceitar graças à força de suas convicções. Ele via seu futuro na religião cristã e foi particularmente seduzido pela espiritualidade dos carmelitas. Em fevereiro de 1937, ele entrou para a Ordem Terceira Carmelita e permaneceria um membro durante toda a sua vida – mesmo após a morte, seu corpo seria vestido de acordo com os costumes da ordem. Bartali era particularmente devotado à memória da freira carmelita Santa Teresa de Lisieux, a quem ele chamava de Santa Teresa do Menino Jesus. Ele também se referia a ela, de forma confidencial e carinhosa, como "Teresinha" ou "Santa Teresinha", considerando-a uma amiga e não apenas seu anjo da guarda. Santa Teresinha entrou no convento aos 15 anos, logo depois de rezar para que o criminoso mais famoso da época, Henri Pranzini – que nasceu no Egito em uma família de imigrantes italianos e depois se estabeleceu na França) –, se convertesse antes de sua execução. Hoje, a cópia de cera do rosto sorridente e de bigode de Pranzini está em exibição no Musée de la Police, no V arrondissement de Paris (ele foi condenado pelo triplo assassinato da rua Montaigne nessa cidade e guilhotinado em 1887, aos 30 anos). Thérèse morreu em Lisieux em 1897, aos 24 anos. Ela foi canonizada pelo Papa Pio XI em 1925, e Bartali ficou profundamente impressionado com sua vida. Ele construiu uma pequena capela dedicada à sua santa favorita em seu apartamento em Florença. Em 1997, o Papa João Paulo II elevou Santa Teresa à categoria de "Doutora da Igreja".[13] O campeão de Ponte a Ema comemorava suas vitórias invocando o espírito da Virgem Maria e de Santa Teresa de Lisieux. Era um ato de fé, mas também um desafio à ditadura, pois nenhum agradecimento era dirigido a Benito Mussolini.

Sua devoção a Santa Teresa aumentou significativamente a popularidade de Gino na França. Desde a primavera de 1936, o país estava sendo governado pela Frente Popular, mas muitas pessoas, até mesmo da esquerda, sentiam certa ternura pela memória da garota que queria salvar os criminosos do inferno, mesmo que não conseguisse salvá-los da morte. Em 12 de julho de 1937, o *Le Petit Parisien*, que tinha uma tiragem de mais de 1 milhão de exemplares na época, escreveu: "Desde que os católicos franceses souberam da devoção especial de Bartali à irmãzinha de Lisieux, há tantas cartas da França em sua caixa de correio quanto da Itália".

Em julho de 1937, a França recebeu o secretário de Estado do Vaticano, cardeal Eugenio Pacelli (o futuro Papa Pio XII), que chegou de Roma como legado papal para participar das cerimônias em Lisieux em homenagem a Santa Teresa. A primeira página do *Le Matin* de 11 de julho de 1937 declarou: "Lisieux celebra a chegada do cardeal Pacelli". Em sua edição de 17 de julho, o grande semanário francês *L'Illustration* cobriu o evento com uma fotografia do cardeal Pacelli, acompanhada das palavras: "Festival de Lisieux: o Legado Pontifício faz seu discurso em frente à basílica que acaba de inaugurar". As multidões em Lisieux eram imensas. Como veremos mais tarde, Bartali, que na época estava competindo no Tour de France nos Alpes, declarou que desejava terminar a corrida para voltar ao norte da França e aproveitar a oportunidade para viajar à Lisieux. Mas ele não conseguiria fazer isso.

4
Ciclismo, fascismo e antifascismo

Em junho de 1924, a Itália tremeu após o assassinato de Giacomo Matteotti, um político socialista e líder do partido contrário ao fascismo. Enquanto isso, a França aplaudia um pedreiro de Friuli, no nordeste da Itália, que havia se tornado um campeão de ciclismo: Ottavio Bottecchia. Ele havia recebido uma medalha de bronze por bravura durante a Primeira Guerra Mundial – fazia parte de um batalhão de ciclistas, naturalmente – e, em 22 de junho de 1924, venceu a primeira etapa do Tour de France, de Paris a Le Havre. Depois de ganhar a camisa amarela[14] no primeiro dia, Bottecchia a manteve até o final da corrida, quatro semanas depois, tornando-se o primeiro campeão a realizar essa proeza e o primeiro italiano a vencer o Tour (embora tenha feito seu nome na corrida no ano anterior, depois de terminar em segundo lugar). O público francês o acolheu com carinho, e, nas estradas da França, as pessoas o chamavam de *Botescià*, transformando seu nome italiano para soar mais francês.

Em 21 de julho de 1924, um dia após sua chegada triunfal a Paris, o jornal *Le Journal* declarou Bottecchia um filho do Tour, escrevendo em sua primeira página: "Quase um desconhecido no ano passado, mesmo em seu próprio país, onde foi sacrificado pelas grandes estrelas transalpinas da estrada, ele fez sua estreia no Tour de France e cobriu-se de glória". As pessoas ficaram fascinadas por esse personagem, que se tornaria uma lenda do Tour por suas habilidades de escalada. Suas façanhas no Col d'Aubisque e no Col du Tourmalet foram inesquecíveis.

A jornada da Grande Guerra até o Tour de France foi difícil para o "pedreiro de Friuli", como era chamado esse jovem corajoso, nascido em 1894 em San Martino (uma província de Treviso). Feito prisioneiro pelos austríacos no final de outubro de 1917 durante a Batalha de Caporetto, a pior derrota da história militar italiana, ele conseguiu escapar de bicicleta para retomar a luta contra as forças austro-alemãs. Bottecchia veio de uma família muito pobre, mas a lembrança de ter passado fome é geralmente o que alimenta um campeão de ciclismo. *Botesciá* viu a bicicleta como seu caminho para progredir no mundo. Sua grande oportunidade. Ele também era conhecido como "o carroceiro" ou "o lenhador de Friuli", referindo-se aos outros ofícios que havia praticado para ganhar dinheiro. Nos dias que se seguiram ao assassinato do líder socialista Matteotti, o antifascista Bottecchia não poderia imaginar que, três anos depois, seria sua vez de morrer – provavelmente assassinado – em condições que poderiam ser vistas como uma reminiscência da morte da democracia na Itália.

A Itália estava tremendo em junho de 1924 porque o fascismo ganhava força. A ditadura estava começando a mostrar sua verdadeira face, vinte meses após a *Marcia su Roma* (Marcha sobre Roma), quando a extrema direita, liderada por Benito Mussolini, tomou o poder em 28 de outubro de 1922. Na tarde de 10 de junho de 1924, o líder do partido socialista, Giacomo Matteotti, saiu de sua casa no centro de Roma para caminhar até o Palazzo Montecitorio.[15] Ele queria persuadir seus colegas deputados a denunciar a nascente ditadura fascista, a corrupção dentro do regime e as irregularidades observadas nas eleições recentes. Ele nunca chegaria a Montecitorio.

Sequestrado por membros da polícia fascista, foi assassinado no mesmo dia, embora seu corpo só fosse encontrado dois meses depois. A Itália caminhava para um longo e escuro túnel totalitário. Ele se espalhou pelas instituições e se manifestou em atos de brutalidade perpetrados por paramilitares fascistas (*squadracce*), que estavam determinadas a silenciar qualquer oposição ao regime em todo o país com ameaças e violência.

Na noite de 3 para 4 de outubro de 1925, os *squadracce* da Toscana receberam ordens para "limpar" Florença em uma série de ataques a ativistas de esquerda. Entre as vítimas estava o ex-político socialista Gaetano Pilati, que o pai de Gino, Torello Bartali, conhecia e admirava por sua coragem e compromisso com os menos afortunados da sociedade. Pilati havia lutado contra a intervenção da Itália na Primeira Guerra Mundial, mas lutou bravamente quando chegou a sua hora, perdendo um braço na batalha e recebendo a medalha de prata por bravura. Pilati morreu em 7 de outubro, após os ataques fascistas. Torello Bartali, ele próprio um socialista, enfrentava grande ansiedade durante esse período dramático da vida política florentina. Seus sentimentos deixariam uma impressão no jovem Gino, que tinha 11 anos na época do assassinato de Pilati e do ataque feitos a outros ativistas conhecidos.

Gino se importava com as preocupações do pai, mas sua imaginação foi tomada pelas façanhas de seu ídolo, Ottavio Bottecchia, que venceu o Tour em 1925. Bottecchia finalmente tinha o dinheiro para comprar uma propriedade em sua província natal e estabelecer uma pequena fábrica de bicicletas. Sua popularidade, seu orgulho pessoal e sua recusa em se tornar um instrumento de propaganda fascista incomodaram os representantes locais do regime. Em 3 de junho de 1927, ele foi encontrado gravemente ferido ao lado de uma estrada que usava com frequência durante os treinos, perto de sua casa em Friuli. Depois de sofrer doze dias de agonia, Bottecchia morreu aos 32 anos. Fontes oficiais disseram que foi um acidente, mas nenhuma investigação independente e séria foi realizada, enquanto alguns grandes nomes do ciclismo que eram próximos ao regime curiosamente se ausentaram de seu funeral. As acusações de um crime político encomendado por um líder fascista local tomariam forma e se tornariam cada vez mais confirmadas com o passar do tempo, embasadas por revelações e investigações jornalísticas subsequentes.

Em 1924-1925, a imprensa fascista tentou usar as vitórias de Bottecchia a seu favor, assim como fez em 1936 com as vitórias de Bartali. Em ambos os casos, no entanto, os campeões de ciclismo mantiveram suas convicções democráticas. Eles correram, venceram, mas evitaram se tornar instrumentos puros e simples da propaganda oficial fascista. Essa era uma preocupação crescente para Mussolini, que em 1937 finalmente criou um ministério *ad hoc*, o Ministério da Cultura Popular, conhecido pelos italianos como *Minculpop* (talvez com certa ironia, a julgar pelo curioso som do acrônimo), que assumiu toda a propaganda e todo o controle de informações das instituições existentes. O *Minculpop* enviava aos editores de jornais instruções sobre o que escrever e quais matérias publicar, um arranjo que os italianos chamavam de *velines Minculpop*, pois lembravam desenhos reproduzidos em papel de seda a partir de imagens traçadas em vidros de janelas. Essas disposições estavam implícitas no caso de Bottecchia e explícitas no caso de Bartali: não fale sobre esses dois atletas por qualquer motivo que não seja o esporte. Bartali, o homem, não deve ser de interesse para os italianos. De fato, a única imprensa que falou sobre Bartali como pessoa e não apenas como ciclista foi a católica.

Como diz o jornalista e escritor italiano Gianni Mura, Bartali era "um antifascista exemplar". Ele nunca teve medo de correr riscos. Por exemplo, um dia, no outono de 1937, enquanto ele estava competindo no velódromo de Lyon, Mario Alessi, um refugiado político comunista que também era de Florença e que Gino havia conhecido quando era muito jovem, foi procurá-lo em seu hotel para pedir ajuda. Ele precisava de proteção contra a OVRA (*Organizzazione per la Vigilanza e la Repressione dell'Antifascismo*, a polícia secreta do regime fascista italiano), que, com a ajuda de militantes franceses de extrema direita, estava organizando assassinatos políticos em solo francês. Em 9 de junho de 1937, em Bagnoles-de-l'Orne, uma unidade de comando de encapuzados assassinou dois intelectuais italianos, Carlo e Nello Rosselli, irmãos que haviam sido refugiados políticos na França e importantes opositores do governo de Mussolini. Bartali estava ciente do que havia acontecido e encontrou uma solução para seu amigo de infância que se tornou militante comunista, usando suas conexões para garantir que Alessi fosse atendido pelos círculos católicos em Lyon.

O OVRA forçou um jornalista esportivo a criar um dossiê sobre Bartali: o serviço secreto fascista usava a mídia de bom grado para espalhar notícias falsas, desacreditar seus oponentes e também para incitar a violência. O dossiê de Bartali ainda é mantido nos arquivos italianos em uma pasta denominada "Ministério do Interior. Direção--Geral de Segurança Pública. Divisão de Polícia Política". O dossiê afirma que Bartali estava "intrinsecamente ligado à Ação Católica" e que ele "se considerava um representante da juventude católica e não do fascismo".

Bartali, um homem de fé, esportista e defensor da paz, odiava a retórica belicosa do fascismo. Ele foi um antifascista exemplar em uma época em que a simbiose entre esportes e propaganda garantia sucesso em todas as disciplinas para aqueles que a aceitavam, além de uma impressionante variedade de benefícios pessoais. Para manter o curso, Bartali foi obrigado a abrir mão de muitas oportunidades. O esporte era visto pelo regime como um método vital para obter o consenso popular, a ponto de o Comitê Olímpico Nacional Italiano (CONI) ser colocado sob o controle do Partido Nacional Fascista

(PNF). O fascismo exaltava os mitos da "italianidade" e da "raça", cujos campeões esportivos se tornavam, apesar de si mesmos, encarnações dos exemplos mais brilhantes dos cidadãos do país e até mesmo símbolos políticos, que podiam ser exibidos para o público nacional e internacional. Bartali sempre tentou encontrar o equilíbrio entre o esporte e sua recusa ao compromisso político. Ofereceram-lhe o cartão do partido, mas ele recusou. A mesma proposta foi feita várias vezes, em tom lisonjeiro e cada vez mais ameaçador. Não havia nada a fazer. Ele recusou várias vezes. O regime então tentou usá-lo de todas as maneiras possíveis: se Bartali não faria a saudação fascista, se não se vestiria como um fascista – a famosa camisa negra –, nem dedicaria suas vitórias a Mussolini, eles tinham que encontrar uma maneira de relacionar essas mesmas vitórias ao trabalho do fundador do chamado império italiano. As manchetes das primeiras páginas dos jornais esportivos nacionais expressavam claramente os desejos de Mussolini e de seu partido. Era sempre o mesmo conceito: Bartali, o esportista, sim; Bartali, o homem, não.

Durante a década de 1930, *La Gazzetta dello Sport*, o principal jornal esportivo nacional e, portanto, a voz não oficial do governo fascista para todas as coisas relacionadas ao esporte, incluindo a aviação, que fascinava a opinião pública na época graças às suas conquistas e recordes, garantiu que as ambições de Mussolini fossem atendidas. O jornal reforçava cada vez mais a ideia da ligação entre esportes e política, fazendo os leitores acreditarem que os verdadeiros motivos por trás do sucesso dos campeões italianos não eram o que estava na cabeça deles, mas o que estava na cabeça de *Il Duce*. As opiniões do jornal, assim como de outros meios de comunicação italianos, não levavam em conta as opiniões e os sentimentos pessoais dos atletas, que, na maioria dos casos, se adaptavam às circunstâncias. Esses campeões esportivos eram agora instrumentos do regime, o que incluía homens como o jogador de futebol Giuseppe Meazza, que não tinha medo de fazer o *saluto romano*; o boxeador Primo Carnera; o piloto de corridas Tazio Nuvolari; os ciclistas Learco Guerra, Alfredo Binda e até mesmo, apesar de seus esforços, Gino Bartali. *La Gazzetta dello Sport* os descreveu como produtos do fascismo e como exemplos da suposta superioridade italiana. A filosofia do jornal foi resumida pela manchete da edição especial de 16 e 17 de agosto de 1932, no final das Olimpíadas de Los Angeles: "A X Olimpíada revelou e provou ao mundo o progresso do esporte italiano, que foi regenerado pelo fascismo e pelo valor de seus atletas italianos".[16]

No ano anterior, ao anunciar o sucesso da primeira travessia do Atlântico por um grupo de aviões, a manchete do *La Gazzetta dello Sport* em 7 de janeiro de 1931 dizia: "As asas da Itália fascista, sob o comando de Balbo, conquistaram a admiração do mundo ao vencer o Atlântico em um voo rápido e constante".[17] Nessa época a aviação era uma espécie de competição, como no automobilismo. As façanhas dos pilotos eram comparadas a performances esportivas genuínas, e a Itália fascista dava muita atenção a elas.

Enquanto isso, as vitórias no Giro d'Italia eram dedicadas a Mussolini. Esse triunfo garantia ao vencedor o *Premio del Duce*, um prêmio criado para estampar a marca do regime nas mais populares corridas nacionais de ciclismo. A manchete aparentemente interminável que dominou o *La Gazzetta* de 29 de maio de 1933, no final da 21.ª edição do Giro, foi algo impressionante: "Binda, tricampeão mundial, conquistou brilhantemente a quinta vitória no Giro d'Italia na linha de chegada da Arena, ganhando o primeiro *Premio del Duce* e o primeiro prêmio da liderança do Partido".[18] Ufa!

A informação foi criada para evitar que o leitor distinguisse os campeões esportivos que eram membros do Partido Fascista daqueles que estavam apenas fazendo seu trabalho e se recusavam a comprometer seus valores políticos. Em 8 de junho de 1936, a manchete do *La Gazzetta* dizia: "Bartali triunfa no 24.º Giro d'Italia, ganhando seu primeiro *Premio del Duce*".[19] Uma vitória no Giro estabelecia um vínculo político-esportivo, mesmo que o vencedor preferisse atirar o prêmio na água – algo que Bartali faria no verdadeiro sentido do termo em 1938, depois de seu primeiro sucesso no Tour de France, jogando a medalha dada a ele por Mussolini nas águas do rio Arno, em Florença.

"**Esses dois ciclistas pacíficos e silenciosos...**" Georges Speicher (à esquerda), vencedor do Tour em 1933 e esperança francesa, durante a terceira etapa do Tour de 1938, de Saint-Brieuc a Nantes. Ao lado dele está o favorito, Gino Bartali. *Le Miroir des Sports*, 9 de julho de 1938, nº 1012.

5

O Tour de France

Em 1937, ano da morte do barão Pierre de Coubertin,[20] o esporte foi inegavelmente usado como arma política. Hitler havia sediado os Jogos Olímpicos em Berlim no ano anterior, e, em 1937, Mussolini queria mais do que tudo que um ciclista italiano vencesse o Tour de France. O fascismo não era fã de ciclismo – provavelmente preferia futebol, corridas automobilísticas ou a virilidade do boxe –, mas o Tour de France era o Tour de France. Agora, um italiano, talvez apenas um, tinha a chance de ganhar o troféu mais famoso do ciclismo: Gino Bartali. Não havia muita dúvida na mente de Mussolini de que Bartali deveria tentar vencer, em nome de seu país natal. Naquela época, o Tour era disputado por equipes nacionais e, portanto, era uma grande oportunidade política em um momento muito significativo da história. O vínculo entre Mussolini e a França, que havia sido muito forte durante a Primeira Guerra Mundial e permaneceu assim até o outono de 1935, foi prejudicado depois que a Liga das Nações impôs sanções econômicas à Itália logo após a guerra colonial de 1935-1936 entre a Itália e a Etiópia – as sanções estiveram em vigor de novembro de 1935 a julho de 1936. A reaproximação de

Mussolini com a Alemanha de Hitler, evidente no outono de 1936, ocorreu no contexto da controvérsia italiana com o influente partido franco-britânico em Genebra, a sede da Liga das Nações. Nesse contexto político, as competições com os dois esportes mais populares (futebol e ciclismo) assumiram um significado especial em 1937 e 1938.

Na primavera de 1937, Bartali cometeu um grave erro ao fazer uma viagem de ida e volta de Florença a Milão de bicicleta, embora a opção mais normal fosse viajar de trem. Ele pedalou por centenas de quilômetros, apesar da chuva e até mesmo de uma tempestade de neve. Sua recompensa não foi uma medalha, mas sim uma broncopneumonia e uma febre alta. Embora Gino quisesse usar a viagem para Milão como uma forma de treinamento, acabou caindo de cama. Os médicos ficaram muito preocupados e, em um determinado momento, chegaram a temer por sua vida. Mas, de acordo com Bartali, Giulio, seu irmão, interveio do céu e o protegeu. Depois que Gino se recuperou, começou a treinar novamente como se nada tivesse acontecido. Ele dominou o Giro d'Italia – conquistando a vitória geral, bem como o prêmio de melhor escalador, quatro vitórias em etapas e dezesseis dias com a camisa rosa –, a ponto de os jornais italianos o incentivarem a participar do Tour de France. Um deles foi *Il Popolo d'Italia*, o jornal diário criado por Mussolini no outono de 1914, provavelmente com a ajuda dos serviços secretos franceses, para persuadir seus leitores a apoiar a intervenção italiana na Primeira Guerra Mundial e que mais tarde se tornaria o jornal oficial do partido fascista. Ele enviou mensagens bastante claras a Bartali: não ir ao Tour o tornaria indigno como atleta e como italiano. Pior ainda, foi sugerido que Bartali havia exigido muito dinheiro para colocar as pernas a serviço de seu país. A pressão era imensa. Dessa vez não se tratava apenas de ser ou não membro de um partido político, mas de defender sua própria reputação como campeão esportivo e até mesmo sua dignidade pessoal. Gino decidiu enfrentar o desafio que lhe havia sido imposto. Ele se arrependeria.

O início foi emocionante. Em 8 de julho de 1937, uma foto de Gino apareceu nas primeiras páginas dos jornais franceses e italianos. O *L'Humanité* escreveu: "Ao escalar o Galibier, Bartali executou uma performance deslumbrante". A primeira página do *Le Matin* dizia: "Hoje, o Galibier, com sua via de 2.600 metros através do gelo, bem como sua chuva gelada, provou o alto valor do campeão italiano Bartali". O *Le Petit Parisien*, que declarava em seu subtítulo ser "o jornal mais lido em todo o mundo", escreveu a seguinte legenda em sua primeira página, sob a foto do campeão florentino: "A etapa do Galibier. O italiano Bartali vence e tira a camisa amarela do alemão Bautz". Nas páginas internas, Herman Grégoire, o correspondente especial do Tour, escreveu um artigo sob o título: "Bartali? Um grande mestre!". No dia seguinte, Gino sofreu um grave acidente: durante a etapa Grenoble/Briançon, ele caiu em uma descida de alta velocidade e acabou nas águas geladas do rio Couleau.

Bartali descreveu o próprio acidente a Herman Grégoire, bem como a ajuda inestimável que recebeu de seu colega de equipe, Francesco Camusso:

> "Primeiro, me senti jogado no ar, depois estava sufocando: meu rosto estava na água. Levantei a cabeça, respirei e, quando vi minha bicicleta sendo levada pela correnteza, eu a agarrei. Também vi meu boné girando em um redemoinho. Foi quando Camusso pegou minha bicicleta e me tirou de lá. Ele me disse que precisávamos sair dali e eu respondi que havia quebrado pelo menos três costelas. Eu não conseguia respirar. Pensei que estava amaldiçoado e que nunca chegaria a Paris ou Lisieux, ou mesmo a Pau, para poder fazer uma peregrinação a Lourdes. Mas Camusso gritou: 'Vamos lá, a bicicleta

não é tudo!'. Eu não o escutei e disse: 'Madonna! A Madonna!', e de repente não senti nada, não havia mais dor: a santa que eu usava no pescoço havia me protegido. A Madonna havia me salvado. Eu também tinha uma santa na bicicleta. Por isso ela ainda estava intacta!".

Quase literalmente recolhido pelo piemontês Camusso, o toscano Bartali conseguiu retomar a corrida e até mesmo manter a camisa amarela. O artigo de Herman Grégoire no *Le Petit Parisien* de 9 de julho foi intitulado "O sofrimento de Bartali". E a o sofrimento ainda estaria lá no dia seguinte, pois, quando seus adversários o atacaram no Col d'Izoard.[21] Gino perdeu 22 minutos e caiu para o sexto lugar geral. A competição estava aberta, e, em seu artigo no *Le Petit Parisien* em 11 de julho, sob a manchete "Bartali cura suas feridas", Herman Grégoire escreveu:

"Consegui me aproximar de Bartali, entendê-lo melhor e ganhar sua confiança. Depois de ouvi-lo, senti uma profunda compaixão por ele. Entendi o que ele estava perdendo e que, assim como os antigos romanos, que levavam suas casas e seus deuses para onde quer que fossem, ele estava sofrendo por ter abandonado seus amigos e o pequeno brilho que havia erguido em sua casa em Florença".

Grégoire estava se referindo à pequena capela particular na casa de Bartali, dedicada a Santa Teresa. Gino lhe fez uma confidência, explicando:

"No ano passado, meu irmão Giulio, que corria como ciclista amador, faleceu. Fiquei muito abalado com a morte dele e deprimido. Rezei mais e estava muito ansioso para terminar a corrida e ir a Lisieux para ver o pequeno quarto onde viveu

Santa Teresa do Menino Jesus. Tive pneumonia na primavera e não queria correr no Tour de France. Tenho apenas 23 anos, ainda há tempo, e só queria vir à França se tivesse certeza da vitória. Disseram-me que eu não era um bom italiano. Eu sou um bom italiano; vim e dei o meu melhor".

Pergunta do jornalista:
– E o que você vai fazer agora, Bartali?

Resposta de Bartali:
– Eu nunca disse que queria desistir!

Mesmo assim, os líderes da equipe italiana forçaram Gino a se retirar. Mussolini não gostava de ver seus atletas sofrendo: eles tinham que ter músculos, não lesões, e assim Bartali voltou para a Itália. Dizia-se que, se ele não tivesse feito isso, "eles" poderiam ter tirado seu passaporte. Gino se sentia desamparado, humilhado e magoado, embora mais por orgulho do que por qualquer aspecto físico. Uma ideia clara se formou em sua cabeça: retornar à França e vencer o Tour. *Vincere!* (Vitória!) era o lema número um do regime. Mas Bartali queria *vincere* para si, e certamente não para Mussolini.

Quase literalmente recolhido *Il Duce* e seus colaboradores compartilhavam essa visão, mas à sua maneira. Em relação ao ano esportivo de 1938, Bartali foi informado de que uma decisão sobre suas ações seria tomada em nome dele: não haveria Giro d'Italia em 1938 e ele deveria poupar suas forças para o Tour de France. Isso significava que Bartali não conseguiria realizar algo que estava muito ansioso para tentar: três vitórias consecutivas no Giro. Isso era tudo. Ponto-final. "É assim que se quer onde a vontade e o poder são um só, então não pergunte mais nada!", diz Dante Alighieri em sua *Divina Comédia* (o texto em italiano tem um som extraordinário, o que tornou essa passagem uma das mais famosas de toda a literatura nacional: *Vuolsi così colà dove si puote ciò che si vuole, e più non dimandare*!). Dante escreve isso no Inferno, e a última decisão do regime dá a Gino a sensação de estar vivendo um novo capítulo de sua história infernal. Gino deve fazer o que foi informado, sem mais perguntas.

Às vésperas do Tour, a cidade de Paris parecia ser o cenário ideal para o triunfo do esporte italiano e da defesa do fascismo. No domingo, 19 de junho de 1938, o time de futebol da Itália venceu a Copa do Mundo, que estava sendo realizada na França. A primeira página de *La Gazzetta dello Sport*, em 20 de junho, dizia: "Apoteose do esporte fascista no *Stade* de Paris. A formidável vitória da equipe italiana no Campeonato Mundial de Futebol".[22] Essa ideia de uma apoteose fascista, de glorificar um sujeito a um nível divino, foi expressa pelo artigo "Pela bandeira", na primeira página de um jornal esportivo, segundo o qual os campeões "ergueram os braços enquanto executavam o *saluto romano* em frente à tribuna presidencial". O jornalista acrescentou: "Eu não conseguia desviar os olhos da imagem de seus braços levantados". Os membros do time de futebol se apresentaram como fascistas genuínos e não como meros representantes de um país que por acaso tinha um governo fascista.

A diferença entre os dois não era pequena. Alguns italianos estavam cientes dessa diferença porque, dias depois da defesa do fascismo pelos jogadores de futebol, Gino Bartali triunfou quando o Tour de France chegou ao Parc des Princes. No entanto, apesar das pressões que se pode imaginar que estava sofrendo, ele se recusou a levantar o braço na saudação romana. Não havia necessidade de procurar um gesto que demonstrasse as opiniões políticas pessoais de Gino Bartali no Parc des Princes, em Paris, ou no *La Gazzetta dello Sport*, que na segunda-feira, 1.º de agosto de 1938, comemorou o triunfo do italiano no 32.º Tour de France. Gino, o Piedoso, não levantou o braço direito, mas o usou para fazer o que a imprensa italiana cuidadosamente evitou enfatizar: o sinal da cruz, que na época era um desafio implícito ao regime de Benito Mussolini. A atitude de Gino agradou o jornal francês *La Croix*, que escreveu em 2 de agosto de 1938: "O melhor homem inegavelmente venceu". E ainda: "É normal que a vitória recompense um ciclista que possui qualidades morais, além de suas excepcionais habilidades físicas. Como Bartali é simples e direto, ele aceita a vitória pelo valor que tem e é provavelmente um dos poucos homens que colocaram o esporte em seu devido lugar".

Por outro lado, as manchetes do *La Gazzetta dello Sport* em 1.º de agosto exibem a linguagem enigmática típica das ditaduras. Para começar, há uma alusão ao futebol: "O ritmo implacável do esporte fascista triunfa de um sucesso a outro".[23] O esporte pode ser chamado de "fascista", mas não Bartali. Depois de anunciar sua vitória, na qual ele dominou a corrida vencendo por uma margem de mais de 18 minutos em relação ao segundo colocado e mais de 29 minutos em relação ao terceiro, *La Gazzetta dello Sport* anunciou orgulhosamente que o campeão toscano receberia de Mussolini a "medalha de prata por conquistas atléticas". Era essa medalha que Gino jogaria no Arno.

O público francês, que vaiou os jogadores de futebol italianos, aplaudiu Bartali e seu sucesso. "Bartali merece sua vitória", escreveu o jornal socialista *Le Populaire*. De acordo com o *Le Petit Parisien*, ele foi "o escalador mais deslumbrante já conhecido". O *Intransigeant* disse que, durante a última etapa, os ciclistas foram "loucamente aplaudidos durante todo o percurso, especialmente Gino Bartali, o vencedor geral do evento". Esse jornal também prestou homenagem ao ex-corredor Costante Girardengo, o homem que Bartali queria urgentemente como diretor técnico da equipe italiana em 1938. Ele o escolheu por suas habilidades, embora na época Girardengo tivesse levado uma vida bastante solitária.

O triunfo de Bartali no Tour também foi uma fonte muito importante de alegria para os imigrantes italianos, inclusive para aqueles que, apesar dos passaportes franceses, mantiveram a nostalgia de sua terra natal. Homens, mulheres e crianças da península italiana esperaram durante horas nas estradas dos Alpes, dos Pirineus e de toda a França para ver o homem que todos os italianos no exterior, talvez até mais do que os italianos em casa, viam como um símbolo positivo de seu povo. O número de italianos na França era enorme, e aqueles que tinham fugido da miséria e da ditadura precisavam de uma figura moral para admirar. Bartali fez o melhor que pôde para cumprir essa tarefa, representando a imagem de uma Itália nobre e corajosa. Era exatamente do que os imigrantes italianos precisavam. Em 15 de outubro de 1938, o *L'Illustration* publicou o artigo "Estrangeiros na França", que dizia: "Por nacionalidade, os italianos são os mais representados: 888 mil, de acordo com dados administrativos". Essas pessoas, que fizeram contribuições importantes para o desenvolvimento da França, vinham de todas as regiões italianas. Às vezes partiam para encontrar trabalho ou para fugir da ditadura fascista, outras vezes por ambos os motivos. Bartali inspirou todos os italianos na França, e, em 7 de agosto de 1938, um dia após sua vitória no Tour, um importante jornal italiano, *La Tribuna Illustrata*, exibiu um desenho em sua primeira página mostrando Gino pedalando em uma rua francesa e sendo aplaudido por uma multidão de homens, mulheres e crianças. A legenda dizia: "Grupos de compatriotas de perto e de longe, em toda a França, subiram as montanhas para incentivar e torcer por Gino Bartali, que passou triunfalmente e subjugou todos os seus adversários".[24] De forma inédita, a primeira página do *La Tribuna Illustrata* não incluía uma única palavra sobre fascismo e Mussolini. Havia simplesmente a ideia de que os italianos, especialmente aqueles que tinham passado pela amarga experiência da emigração, poderiam se reunir e celebrar as conquistas de um atleta e de uma figura admirável. A presença de muitos emigrados italianos na França em várias etapas do Tour, que estavam lá especialmente para torcer por Bartali, permaneceria uma constante na vida esportiva do ciclista. O ciclista francês Raphaël Géminiani diria:

"Quando Bartali estava correndo, sempre havia centenas de italianos que vinham assisti-lo. Ele era um deus para eles. Quando o vi em meio àqueles italianos que o adoravam e o celebravam, fiquei imaginando como ele podia ser tão amado".[25]

A vitória de Gino no Tour foi o último fogo de artifício esportivo do verão de 1938, antes que chegasse um outono cheio de nuvens políticas.

6

As leis raciais

Em 31 de julho de 1938, no dia em que Gino Bartali venceu o Tour de France, o jornal diário parisiense *Le Journal* publicou um artigo sobre as tensões na Itália em relação à questão racial, uma expressão fascista que, por si só, era suficiente para mostrar a escalada racista do regime de Mussolini. Até mesmo o Papa Pio XI emitiu sua opinião: a Igreja Católica, segundo ele, tinha o direito e até mesmo a obrigação de alertar os cidadãos italianos contra essa tendência ao antissemitismo, cujos desdobramentos e consequências ninguém era capaz de prever. Naquela época, o flagelo do antissemitismo estava presente em grande parte da Europa – incluindo a França, a filha mais velha da Igreja e o lar dos direitos humanos. Na Itália, no entanto, usando o modelo do que estava acontecendo na Alemanha de Hitler, o Estado estava transformando esse flagelo em um pilar ideológico, dando assim cobertura legal às discriminações à medida que elas entravam oficialmente na lei, o que antecipaira as monstruosidades dos anos seguintes. Na Itália de 1938, o racismo se tornou uma "religião de Estado".

Sob o título "Mussolini responde ao discurso do Papa", o artigo de 31 de julho pontuou:

> "O discurso proferido pelo Papa ontem em Castel Gandolfo para condenar o racismo ocupou cerca de quatro colunas do *L'Osservatore Romano*[26] o porta-voz da Santa Sé... Pio XI fez uma espécie de advertência ao fascismo e lamentou o fato de a Itália estar imitando a Alemanha ao adotar suas políticas raciais".

A acusação que mais incomodou Mussolini não foi a de racismo, mas a de plágio. Ele considerava seu antissemitismo um produto perfeitamente nacional, autêntico e individual. Certamente não era o clone da última moda que chegava da Alemanha. O *Le Journal* relatou a resposta de *Il Duce* a Pio XI, cujo texto demonstra mais uma vez as tensões que existiam na época entre a Igreja Católica e o regime fascista. Para a multidão que ouvia um de seus inúmeros discursos, Mussolini declarou:

> "Saibam e façam com que todos saibam que, mesmo em matéria de raça, caminharemos em linha reta. Dizer que o fascismo imitou alguém ou alguma coisa é simplesmente um absurdo".

A expressão "que todos saibam" é muito clara, e seu destinatário é facilmente identificável: era um senhor respeitável que se vestia de branco e geralmente morava do outro lado do rio Tibre.

Embora esta última afirmação seja geralmente verdadeira, nem sempre é o caso, e o papa deixa o Vaticano para se dirigir a sua residência de verão em Castel Gandolfo, que fica nas colinas a cerca de 23 quilômetros de Roma. E, em 1938, Pio XI foi para lá um pouco antes, em 2 de maio, depois de considerar que o ar em Roma havia se tornado irrespirável e insalubre devido à chegada iminente de Hitler à capital italiana. No dia seguinte, 3 de maio, Hitler foi recebido pelo rei, *Il Duce* e a população da Cidade Eterna com grande pompa e cerimônia. Pio XI deixou o Vaticano na véspera da chegada de Hitler, e o *L'Osservatore*

Romano descreveu a viagem do pontífice com palavras fáceis de decifrar: "O Papa partiu para Castel Gandolfo. O ar de Castelli Romani é muito bom para sua saúde".²⁷ O ar em Roma havia se tornado prejudicial. Para marcar sua amargura, Pio XI decidiu fechar temporariamente os museus do Vaticano e desligar toda a iluminação noturna na Cidade do Vaticano. A Roma de Mussolini estava exultante, enquanto as bandeiras do Vaticano estavam hasteadas a meio mastro. A Cidade do Vaticano vivia um estado de luto nacional, embora o regime fascista tenha tentado ocultá-lo com algum grau de sucesso.

A imprensa nacional (obviamente) e a imprensa internacional (infelizmente) não deram à resposta do papa a importância política que ela merecia. Ler os comentários de hoje sobre a visita de Hitler à Itália (Roma, Nápoles e Florença) de 3 a 9 de maio de 1938 deixa um gosto amargo na boca. Será que foi apenas uma coincidência? Um fascínio ingênuo em relação ao lado milagroso das boas-vindas de Roma a Hitler? Ou há algo mais por trás da atitude da grande maioria da imprensa francesa, que ficou impressionada com o brilhantismo da visita de Hitler e permaneceu ambivalente quando se tratou de enfatizar a reação do Papa Pio XI? Em seu relato de Roma, publicado no *L'Humanité* de quarta-feira, 4 de maio, Gabriel Péri escreveu: "Na véspera da chegada do Führer a Roma, mais precisamente na segunda-feira à noite, o Quai d'Orsay (sede do Ministério das Relações Exteriores da França) pediu à imprensa que não escrevesse nada que pudesse perturbar as relações ítalo-alemãs!". O contato de Mussolini com os franceses e britânicos ainda eram intensos nessa época, como se veria menos de cinco meses depois, em Munique. A atitude do papa certamente preocupava Mussolini e Hitler, mas não Paris ou Londres. O jornal católico *La Croix* estava, portanto, relativamente isolado ao demonstrar seu grande interesse pelas ações corajosas do Vaticano.

Em 4 de maio, o *Le Petit Parisien* noticiou a recepção generosa da Cidade Eterna a Adolf Hitler: "Roma deu ao evento seu fascínio de glorificação: a mensagem aqui é universal". Enquanto a manchete do *Le Matin* descrevia: "Uma procissão de conto de fadas para o Palácio do Quirinal". Em contraste, o *La Croix* enfatizou fortemente a atitude crítica do Papa Pio XI em relação à visita de Hitler. Na primeira página da edição de 4 de maio, um dia após a chegada do Führer a Roma, o *La Croix* falou sobre a "guerra das duas cruzes" que havia sido "declarada" entre os símbolos do cristianismo e do Partido Nazista, o último descrito como um "emblema caricatural". Em 8 de maio, a primeira página do *La Croix* incluiu a manchete: "Hitler em Roma – O silêncio acusador do *L'Osservatore Romano* – Os Museus do Vaticano fechados". Por sua vez, a manchete do *L'Intransigeant* de 7 de maio publicou: "Em Roma, em homenagem ao Führer – [Um] desfile colossal de tropas na Avenue des Triomphes". "Um clímax triunfante para uma semana extraordinária", começou a reportagem do *Le Matin* de Florença em 10 de maio, onde Hitler, acompanhado por Mussolini, encerrou sua visita à Itália. Até certo ponto, foi um clímax triunfante: o cardeal de Florença, Elia Dalla Costa, ordenou, em um óbvio ato de protesto contra o racismo do Führer, que se fechassem as portas e janelas do palácio do arcebispo no dia em que Hitler e seu cortejo de quinhentos dignitários nazistas visitaram a cidade. No mesmo dia (10 de maio), o *La Croix* publicou uma reportagem de Roma com o título: "A suástica em Roma – Os protestos do Papa". O jornal afirmou que "o protesto do pontífice causou ainda mais impressão, teve ainda mais ênfase, pois nenhuma voz na imprensa havia se levantado: foi como um trovão em um céu universalmente silencioso". Até mesmo a imprensa internacional livre foi condicionada pela gigantesca máquina de propaganda operada pelos dois ditadores e pelo impressionante cenário da visita às cidades italianas, sem mencionar a encenação de "conto de fadas" (conforme descrito no *Le Petit Parisien*) da visita de Hitler a Roma.

O diretor Ettore Scola escolheu esse cenário de "conto de fadas" para a visita do Führer para narrar uma história que era tudo menos um conto de fadas. É uma história de indivíduos, na qual ele retrata o peso da discriminação nesse ano explosivo. Ele nos mostrou as humilhações muito diferentes e muito reais sofridas por um jornalista homossexual e uma mãe, lindamente retratados por Marcello Mastroianni e Sophia Loren, respectivamente. O jornalista, demitido de seu emprego na rádio nacional, foi preso no final do filme pela polícia política por ser homossexual. Ao mesmo tempo, o regime decidiu demitir todos os jornalistas judeus da mídia italiana, fosse ela pública ou privada. O filme *Um dia muito especial (A Special Day)*, lançado em 1977, é uma verdadeira obra-prima do cinema italiano, que mostra de um lado a solidão de um homem perseguido e, de outro, a contrapartida aparentemente majestosa de uma sociedade pronta para "acreditar, obedecer, lutar", de acordo com o slogan do regime.

Depois de perseguir aqueles que tinham uma opinião política diferente, em 1938 Mussolini decidiu atacar os que ele considerava "diferentes", fabricando um novo inimigo dentro da sociedade italiana a partir do zero. As principais vítimas dessa máquina infernal institucionalizada foram os judeus, cujo número na Itália à época era de cerca de 47 mil (cerca de 36 mil em 1943 e 28 mil em 1945). Outras pessoas perseguidas devem ser adicionadas a esses números, pois, de acordo com os fascistas, até mesmo as famílias que não praticavam a religião havia muitos anos ou que não tinham mais contato com as comunidades judaicas também eram consideradas judias. Além disso, a presença de vários milhares de judeus estrangeiros na Itália também deve ser levada em conta. Isso significa que o número de pessoas em risco de perseguição racial era maior do que o número de judeus identificados como tal pelas comunidades italianas.

A sociedade italiana passou por uma mudança drástica em 1938, e, embora muitos não quisessem ver ou viver essa mudança, era impossível ignorar as novas leis raciais. Graças à boa vontade de alguns cidadãos, cinco anos depois seriam criadas redes clandestinas para ajudar os judeus, das quais Gino Bartali participaria ativamente. Esses italianos, de diferentes origens, opiniões e religiões, foram capazes de se unir em nome da humanidade para enfrentar os desafios da luta contra o racismo, com uma eficiência proporcional à sua coragem.

Em 1938, as políticas antissemitas de Mussolini penetraram na vida cotidiana de famílias, escolas e empresas. O antissemitismo agora fazia parte do ar que se respirava na Itália, que, como diria o Papa Pio XI, estava se tornando cada vez mais insalubre. Isso afetou profundamente a sociedade como um todo, pois os italianos eram bombardeados com discursos sobre "raça", enquanto seus jornais logo trariam artigos *Ariani* (arianos) ou *Non Ariani* (não arianos). Em fevereiro, os nomes dos judeus nas forças armadas, na administração e na academia começaram a ser registrados. Essa identificação e esse registro foram intensificados e ampliados nos meses seguintes por ordem de Mussolini, enquanto o Ministério do Interior realizava um censo detalhado dos judeus – italianos e estrangeiros, aos quais era garantida a expulsão – e (com o mesmo objetivo) criava a "Diretoria-Geral de Demografia e Raça". Em 15 de julho de 1938, *Il Giornale d'Italia* publicou um documento assinado por 180 cientistas fascistas. Foi chamado de *Manifesto da Raça* e é mais conhecido como Manifesto *degli Scienziati Razzisti*. O texto seria reproduzido na primeira edição da revista *Difesa dela Razza* (Defesa da Raça), publicado a partir de 5 de agosto, e os principais pontos de foco foram os seguintes:

> "As raças humanas existem. A noção de raça é um conceito puramente biológico. A população da atual Itália é, em sua maioria, de origem ariana e sua civilização é ariana. Agora existe uma 'raça italiana' pura. É hora de os italianos se declararem racistas. Os judeus não pertencem à raça italiana".[28]

Deixando de lado a boa vontade, a imprensa italiana apoiou totalmente a campanha antissemita de Mussolini e, em 18 de setembro, ele reconheceu publicamente a "questão racial" em seu discurso para a multidão que havia se reunido na Piazza Unità d'Italia, em Trieste:

> "Em termos de política interna, a notícia urgente é o problema da raça. Ele diz respeito diretamente à conquista do império, pois a história nos mostra que, se os impérios são conquistados pelas armas, eles são preservados pelo prestígio. E, para obter prestígio, precisamos de uma consciência racial clara e severa, que estabeleça não apenas diferenças, mas superioridades muito claras. O problema judaico é, portanto, um aspecto desse fenômeno". [29]

A reação da imprensa estrangeira ao discurso do ditador italiano foi sombria e estranha. As principais manchetes destacaram principalmente as partes do discurso que citavam a explosiva questão da Tchecoslováquia, a principal questão da época, que nos dias seguintes estaria no centro da conferência de Munique entre Hitler, Mussolini, Chamberlain e Daladier (de 29 a 30 de setembro de 1938). Entretanto, em 19 de setembro, o jornal parisiense *Le Matin* acompanhou seus artigos sobre o discurso de Trieste com um box sob o título "Os israelenses não serão perseguidos", antes de resumir o discurso do *Il Duce* da seguinte forma: "Quanto ao racismo, os judeus da Itália não precisam temer a perseguição. Eles simplesmente serão separados do resto da nação". Sem comentários. Em outro artigo da mesma edição, esse jornal francês (um dos mais lidos do país) forneceu trechos do discurso de Mussolini com legendas escritas pela equipe editorial. A seção sobre racismo tinha como subtítulo: "O generoso antissemitismo da Itália". O *Le Journal* forneceu o título, entre aspas: "O hebraísmo mundial 'é' o inimigo do fascismo".

Enquanto isso, *Le Temps* e *La Croix* (felizmente) enfatizaram os ataques do Papa Pio XI a Mussolini e foram muito severos com as políticas antissemitas de *Il Duce*. *Le Populaire*, o órgão central do Partido Socialista (SFIO), falou sobre o problema racial (sem aspas), como se um problema racial realmente existisse na Itália, em vez de uma ilusão racista criada pelo fascismo. O regime obviamente inventou o termo "problema racial" para justificar suas perseguições. Infelizmente, porém, a expressão começou a se infiltrar cada vez mais na linguagem corrente da mídia da época e até mesmo nos jornais que não tinham simpatia por Mussolini. O *Le Populaire* incluiu o seguinte texto: "Mussolini confirmou que, com relação à questão racial, seriam apresentadas 'soluções necessárias'".

Os repórteres do jornal socialista francês deveriam saber em que consistiam essas "soluções necessárias" às quais o ditador estava se referindo em Trieste. Apenas duas semanas antes, em 5 de setembro, o governo aprovou o decreto intitulado *Provvedimenti per la Difesa della Razza nella Scuola Fascista* (Medidas para a Defesa da Raça na Escola Fascista). Durante o período de setembro a novembro de 1938, uma série de decretos (que ficariam conhecidos como as "Leis Raciais da Itália Fascista") foi aprovada pelo Governo de Roma e assinada para promulgação pelo rei Vítor Emanuel III, com o objetivo de estruturar as políticas racistas da Itália. Esses textos seriam modificados várias vezes e tornados mais rígidos nos meses e anos seguintes. E muitas outras leis e regulamentações antissemitas viriam em seguida, tornando a Itália um país oficialmente racista.

Era um país onde as crianças judias não podiam mais frequentar a escola pública e os professores judeus perderiam seus empregos, assim como todos os funcionários judeus da administração pública, bancos e seguradoras. Um país em que todo funcionário que trabalhasse em uma agência estatal, algo muito comum na Itália naquela época, poderia ser expulso da noite para o dia. Um país onde um judeu não poderia mais ser proprietário de uma empresa ou de um imóvel, nem mesmo trabalhar em instituições de assistência social ou de caridade. Um país onde um advogado ou arquiteto judeu era excluído das ordens profissionais e só podia exercer sua profissão para pessoas de sua própria "raça". Um país onde o casamento entre judeus e pessoas da "raça ariana" era proibido. Ao mesmo tempo, o regime definiu o "critério biológico" como base para sua discriminação racista, o que significava que os filhos de judeus seriam perseguidos como tal, mesmo que praticassem outra religião e mesmo que o fizessem há muito tempo.

A ditadura pediu aos italianos que olhassem para seus concidadãos com desconfiança e, até mesmo, com ódio. A sociedade italiana nunca havia experimentado tamanho racismo dentro de suas fronteiras e agora tinha que se adaptar a ele. Ou se recusar a se adaptar a ele. Todos tiveram que fazer uma escolha, seja o cidadão comum, as instituições religiosas, as empresas ou os partidos políticos clandestinos da oposição. Todos foram forçados a pensar sobre a "questão racial", suas consequências e no comportamento a adotar em resposta à campanha de ódio exigida por *Il Duce*. Houve também muitos que optaram por agir como se nada tivesse acontecido, bem como aqueles que escolheram ajudar os judeus (como e quando puderam), que estavam cada vez mais isolados e eram perseguidos cada vez mais em público. Entre os que foram forçados a questionar a situação e suas perspectivas em particular estava, naturalmente, a comunidade judaica italiana. Em relação a seus membros, era até absurdo usar a palavra "integração": Os judeus italianos geralmente estão entre os mais italianos dos italianos! De fato, há uma importante comunidade judaica em Roma que remonta ao primeiro século. Era verdade que os *ghetti* (guetos) e a discriminação existiam e que os judeus haviam sofrido em toda a Europa, inclusive na Itália, durante séculos, mas nunca houve massacres italianos. Durante o *Risorgimento* (a unificação da Itália no século XIX), os judeus (inclusive Daniele Manin, o patriota e estadista italiano que foi forçado a deixar Veneza para fugir dos austríacos após seu compromisso com a unidade italiana) tiveram um papel importante. Durante a Primeira Guerra Mundial, os judeus lutaram ao lado de outros italianos. Entre eles havia um jovem voluntário, um cabo que lutou na linha de frente no planalto de Asiago, que morreu em 28 de janeiro de 1918, quando nem havia completado 18 anos. Ele era filho da intelectual judia veneziana Margherita Sarfatti, com quem Benito Mussolini teve um dos relacionamentos mais intensos, duradouros e importantes de sua vida. Talvez tenha sido até mesmo o relacionamento mais importante, pois começou quando ambos eram jovens socialistas e terminou quando estavam juntos sob as bandeiras do fascismo. O próprio Mussolini deve ter percebido como era ridículo dizer que os italianos judeus não eram italianos de verdade. Muitos italianos sabiam disso e em seu coração e, às vezes, em seu comportamento se recusavam a aceitar os estereótipos racistas que agora eram tão caros ao regime.

A "questão racial" tornou-se uma ferramenta para permitir que as pessoas vissem a capacidade de cada italiano de pensar por si mesmo. Ela dividiu a nação e dilacerou a sociedade. Um filme de 1970, *O* Jardim dos Finzi Contini *(Giardino dei Finzi Contini),* de Vittorio De Sica, baseado no romance homônimo de Giorgio Bassani, mostra o choque provocado pelas "leis raciais" de 1938, que se materializaram em uma série de eventos que marginalizaram os membros de uma rica família judia em Ferrara. O filme começa com os judeus sendo excluídos do clube de tênis local, depois sendo expulsos da escola e, finalmente, a tragédia da deportação. Os Finzi Contini do romance de Bassani e do filme de De Sica obviamente pareciam perfeitamente italianos.

Esse também foi o caso da sra. Elvira Finzi, de Milão, com a diferença de que dessa vez não se tratava de um romance ou de um filme, mas da vida real. Em setembro de 1938, essa professora (italiana, judia e fascista) enviou uma carta *"Al Duce del Fascismo"*, que hoje está preservada nos Arquivos do Estado:

> "Embora eu seja judia, há muitos séculos e mais, sou italiana. Sou viúva. Meu marido era um oficial de infantaria, que foi ferido e condecorado durante a Grande Guerra. Tenho um único filho, que está matriculado na Politécnica. Sou uma professora de ensino fundamental bem-conceituada e admirada há 26 anos. Estou sendo afastada dessa função, que é indispensável para mim e para meu filho, pois lhe dá a oportunidade de estudar. Você realmente acredita que uma amputação tão terrível de nossa vida como italianos perfeitos, em nossa Itália, merece isso? Ainda com fé somente no senhor, sua obediente, Elvira Finzi".[30]

Fotografia autografada de Gino Bartali, datada de 16 de julho de 1941, para Giorgio Goldenberg, o garoto judeu que ele mais tarde esconderia em seu porão, junto com outros membros da família. O testemunho crucial de Goldenberg ao Yad Vashem rendeu ao campeão do ciclismo o título de "Justo entre as Nações".

7

Esporte, guerra e casamento

Em 5 de setembro de 1938, mesmo dia em que o decreto para a lei de "Defesa da Raça na Escola Fascista" entrou em vigor, a atenção do público na Itália foi parcialmente distraída por um evento esportivo que ocorria na Holanda: o Campeonato Mundial de Ciclismo de Estrada. A equipe italiana não podia mais ser dividida, e a competição entre os ciclistas italianos era óbvia. Rancores antigos e novos impediram a possibilidade de qualquer estratégia de equipe e, consequentemente, os italianos foram derrotados. Humilhados. A imprensa fascista, que nunca perdia uma oportunidade de atacar Bartali, acusou-o de ter jogado *"perso"* (*"solo"*, ou seja, não era um jogador de equipe) e o apresentou como o principal motivo da derrota da nação. É claro que isso era falso, mas a oportunidade de enfraquecer a imagem do homem que se recusava a seguir a linha do partido era boa demais para resistir. Foi um final de ano amargo após seu triunfo no Tour de France, e ele chegou a ser vaiado pelo público italiano durante as competições no velódromo. Sua resposta a tudo isso foi vencer corridas. Em Milão, diante de uma multidão que o vaiava e ridicularizava, ele tirou a camisa amarela que usava com frequência em memória de sua vitória na França. Foi uma forma de dizer aos espectadores, tão condicionados pela imprensa e pelas pressões do regime, que ele não os considerava dignos de apreciar suas conquistas esportivas. Depois de tirar a camisa amarela, ele venceu todas as corridas diante do mesmo público no velódromo de Milão, que agora não tinha outra opção a não ser aplaudir.

Seu programa para 1939 incluía a Milão-Sanremo, o Giro d'Italia e o Tour de France. Ele venceu a Milão-Sanremo pela primeira vez, mas logo percebeu que, no que se refere aos outros, durante aquele ano maldito o esporte era refém da política mais do que nunca. Bartali ficou em segundo lugar no Giro, atrás de Giovanni Valetti, do Piemonte. Entre os amigos de Gino havia quem dissesse que ele fora vítima de um complô, mas Bartali nunca poderia provar tal coisa. Se ele perdesse, seria resultado da falta de sorte e das táticas (legítimas) da equipe de seu principal oponente. Isso fazia parte do esporte. Quanto ao seu sonho de uma segunda vitória consecutiva no Tour de France, a política mais uma vez atrapalhou. Os governos italiano e alemão impediram que os ciclistas de seus dois países participassem do Tour, que ocorreu entre 10 a 30 de julho de 1939. Pouco depois, em 23 de agosto, os ministros das Relações Exteriores Molotov e Ribbentrop assinaram o Pacto Nazi-Soviético, em Moscou, com seu plano secreto para a divisão da Polônia (que Hitler invadiu em 1.º de setembro, causando a eclosão da Segunda Guerra Mundial, e que Stalin invadiu posteriormente em 17 de setembro).

A Itália era neutra, e Mussolini hesitaria em se comprometer até que a vitória alemã na frente francesa não fosse mais duvidosa. Enquanto isso, o restante da Europa pegava em armas, e a Itália continuava a se concentrar no esporte. Em 1940, Bartali venceu sua segunda Milão--Sanremo e tinha a ambição de vencer o Giro d'Italia. No entanto, durante uma descida dos Apeninos na etapa de Turim a Gênova, um cachorro correu para a estrada bem na frente dele. Apesar dos ferimentos, Bartali insistiu em continuar a corrida, mas um problema mecânico o fez cair ainda mais na classificação geral, enquanto um de seus companheiros de equipe de Legnano se encontrava em uma boa posição para vencer o Giro. Seu nome era Fausto Coppi, e ele seria coroado vencedor em 9 de junho de 1940, no final da última etapa em Milão. Gino ajudou lealmente seu colega de equipe, mas sabia que ele se tornaria um rival formidável no futuro: Coppi era mais jovem do que ele e tinha energia de sobra. Mais uma vez, Gino ficou amargurado e, pelo segundo ano consecutivo, teve de se contentar com uma participação honrosa no Giro.

No dia seguinte, 10 de junho de 1940, tudo mudou. À tarde, o ministro das Relações Exteriores Galeazzo Ciano (genro de Mussolini, que futuramente seria executado por ordens do próprio sogro, em janeiro de 1944) notificou os embaixadores britânico e francês sobre a declaração de guerra da Itália. O embaixador francês, André François-Poncet, conversou com Ciano e usou uma frase que entrou para a história, comparando a atitude da Itália fascista a "uma punhalada nas costas" (expressão também usada pelo presidente Roosevelt, que disse: "Hoje, a mão que segurava o punhal o cravou nas costas de seu vizinho"). Logo depois, às 18 horas, foi a vez de Mussolini declarar guerra à França e à Grã-Bretanha, com o apoio da população italiana, que sofreu uma overdose de propaganda. O ditador apareceu em sua varanda habitual no Palazzo Venezia, em Roma, diante de dezenas de milhares de pessoas que gritavam: "Guerra! Guerra!". Multidões semelhantes e até gritos semelhantes apareceram em todas as principais cidades italianas, onde o discurso foi transmitido ao vivo pelo rádio e amplificado de tal forma pelos alto-falantes tão caros ao regime que ameaçaram estourar os tímpanos das pessoas. "Uma hora, marcada pelo destino, ecoa nos céus de nosso país. Chegou a hora das decisões irreversíveis",[31] disse Mussolini. De fato, suas decisões seriam irrevogáveis, ignóbeis e catastróficas.

Nos meses anteriores, a Igreja em geral e a Ação Católica em particular haviam tentado se opor à entrada da Itália na guerra. Bartali tentou dar sua contribuição pessoal a esse esforço generoso e, em grande parte, inútil. Quando a guerra começou a entrar na vida do povo italiano, Bartali foi ouvido dizendo: "Para um católico como eu, a própria ideia de guerra era terrível". O que era ainda mais angustiante era que se tratava de uma guerra contra a França, um país onde ele tinha muitos amigos no mundo do esporte, bem como na Igreja e junto aos imigrantes italianos. Foi um mal que imediatamente afetou as famílias italianas. Giorgio Bani, irmão de Adriana Bani (noiva de Gino), morreu em 28 de junho quando o barco que transportava soldados entre a Itália e a Albânia (que estava ocupada pelos italianos) explodiu. Oficialmente houve 219 vítimas, mas provavelmente havia muito mais, pois o número exato de soldados a bordo era desconhecido. A causa da explosão ainda hoje também é desconhecida. Foi uma mina, um torpedo ou apenas um acidente?

O choque de Adriana foi agravado pelo fato de que Gino também teve que trocar sua camisa esportiva por um uniforme quando foi designado para uma unidade territorial, longe da frente de batalha. Adriana estava muito deprimida e, antes de partir, Gino queria fazer tudo o que pudesse para que ela se sentisse melhor, então se ofereceu para se casar o mais rápido possível. Ele ainda teria um compromisso, mas voltaria para o casamento. Esse momento foi fundamental não apenas para a vida pessoal de Gino, mas também para seu futuro compromisso moral e material com os judeus perseguidos. O casal já conhecia o arcebispo de Florença, cardeal Elia Dalla Costa, e perguntou se ele poderia oficiar o casamento. Nascido em Vêneto em 1872, o cardeal de 68 anos era muito generoso e, de coração aberto, atendeu o pedido. Gino também perguntou se ele abençoaria a pequena capela dentro da casa do casal em Florença, com o que ele concordou. Eles se casaram em 14 de novembro de 1940 na capela da arquidiocese, em

Florença, e permaneceram juntos até a morte de Gino, sessenta anos depois. Após uma breve lua de mel, durante a qual o casal teve uma audiência particular com o novo pontífice, Pio XII, Gino foi designado para outra unidade na Itália. Sua função era atuar como um elo entre diferentes unidades, e ele recebeu uma motocicleta para realizar sua tarefa. No entanto, ele usou sua bicicleta. O primeiro filho de Gino e Adriana, um menino, nasceu em 3 de outubro de 1941 e recebeu o nome de Andrea. Luigi e Bianca Maria nasceram após a guerra. Adriana morreu em 2014, aos 95 anos.

Em 22 de junho de 1941, Hitler atacou seus antigos amigos soviéticos lançando a Operação Barbarossa. Em resposta, Mussolini decidiu enviar soldados italianos para lutar junto à Alemanha contra Stalin. Foi um desastre. As forças italianas se viram em apuros em todos os lugares, especialmente no norte da África. Quanto à própria Itália, a guerra aérea com os característicos bombardeios já atingem há algum tempo as cidades, estradas e linhas de trem da península. Além disso, a guerra terrestre estava prestes a chegar ao solo nacional italiano. Em novembro de 1942, os Aliados desembarcaram na Argélia e estavam prontos para entrar na Sicília, o que aconteceu em 10 de julho de 1943. Duas semanas depois, em 25 de julho, Mussolini foi responsabilizado pelo Grande Conselho do Fascismo, que, em uma atmosfera de extrema tensão, deu um voto de desconfiança contra ele. No dia seguinte, *Il Duce* foi recebido pelo rei Vítor Emanuel III, que o prendeu e o transportou para um quartel da polícia e nomeou o marechal Badoglio chefe do governo.

O povo italiano, machucado pela guerra, recebeu com alívio a notícia da queda de Mussolini. Os monumentos dedicados a ele em todo o país foram derrubados e destruídos. Mas os *slogans* fascistas escritos nas paredes e nos prédios ainda estavam lá, e alguns ainda estão em pleno século XXI, prova de que as ditaduras são muito eficazes quando se trata de propaganda, impondo suas ideias por meio de tinta indelével e marchas militares. Elas também são eficazes e formidáveis quando se trata de produzir arquivos ou registros: se eles não forem destruídos após uma mudança de regime político, isso significa que a mudança não foi realmente concluída. Esse foi o caso dos registros dos judeus italianos, que foram compilados em grande detalhe a partir de 1938 pelos serviços do Ministério do Interior e cuidadosamente preservados pela Diretoria de Demografia e Raça. Isso significava que os alemães poderiam facilmente colocar as mãos nos arquivos detalhados e intactos sobre os judeus italianos. A invasão nazista na Itália estava se aproximando e a perseguição logo subiria um degrau, atingindo um nível totalmente novo.

O marechal Pietro Badoglio (que havia comandado o exército italiano durante a Guerra da Etiópia de 1935-1936) tornou-se chefe do governo em 25 de julho. Ele declarou que as operações militares continuariam e que a Itália ainda era aliada da Alemanha. Ao mesmo tempo, Badoglio estava negociando secretamente com os Aliados, que agora se faziam presentes na parte sul do país. Em 3 de setembro de 1943, a Itália assinou o armistício com os Aliados, mas ele não foi anunciado até 8 de setembro, quando o general Dwight Eisenhower fez a transmissão pela Rádio Argel, antes de ser anunciado pelo marechal Badoglio uma hora depois, de Roma. O rei e Badoglio não permaneceram em Roma por muito tempo, partindo para Brindisi, na Puglia, em 9 de setembro, e colocando-se sob proteção americana. Enquanto isso, as forças armadas italianas, deixadas sem nenhuma ordem do rei ou do governo, foram expostas à arrogância e ao desejo de vingança dos alemães, que rápida e maciçamente evidenciaram a força de seus soldados.

O plano imediato das forças alemãs era aumentar sua presença na península italiana com a intenção de ocupá-la de norte a sul. Começaram então a desarmar as unidades militares italianas presentes ao longo das fronteiras nacionais (1 milhão e 90 mil homens) e nas áreas ocupadas na França, Iugoslávia e Grécia (900 mil homens). Em uma tentativa de fugir dos alemães, parte dos militares italianos refugiou-se nas montanhas, dando uma importante contribuição para o nascimento da Resistência, que mais tarde teria uma presença política e militar de destaque na Itália durante os últimos estágios da guerra.

Os nazistas e os fascistas se reorganizaram. Em 12 de setembro de 1943, uma unidade de comando alemã, sob a liderança do capitão da SS Otto Skorzeny (que fugiria para a Espanha após a guerra e morreria lá em 1975), libertou Mussolini do cativeiro em Campo Imperatore, no alto das montanhas dos Apeninos. Transportado para Munique, *Il Duce* se encontrou com Hitler em 13 de setembro para preparar seu retorno à Itália e criar a *Repubblica Sociale* (RSI) (República Social Italiana), também chamada de *Repubblica di Salò* (República de Salò), em homenagem à cidade da Lombardia, no lago de Garda, que seria a capital efetiva. A RSI foi criada em 23 de setembro e tornou-se o pilar colaboracionista do domínio alemão na península italiana (que estava diminuindo cada vez mais à medida que os Aliados avançavam para o norte) do verão de 1943 à primavera de 1945. Os colaboracionistas estavam envolvidos em uma luta feroz contra a Resistência e ajudaram ativamente os nazistas em sua caçada aos judeus italianos. O Manifesto de Verona, aprovado pelos representantes fascistas em 14 de novembro de 1943, formou a base ideológica do RSI, que considerava os judeus italianos "estrangeiros" que deveriam ser tratados como inimigos durante a guerra e, consequentemente, internados, deportados, neutralizados e eliminados. Ao todo, cerca de 7 mil judeus italianos seriam deportados para Auschwitz e apenas algumas centenas (incluindo o químico e escritor Primo Levi, que depois publicaria suas memórias sob o título Se isto é um homem *(Se Questo È un Uomo)*, voltariam. Se somarmos os números dos deportados para outros campos nazistas e os de territórios estrangeiros ocupados pelos italianos, cerca de 8 mil judeus foram enviados para os campos de extermínio. Foi uma tragédia indescritível. Felizmente, muitos judeus italianos (e os estrangeiros presentes na Itália) sobreviveriam graças à fuga para outros países (especialmente a Suíça) e, principalmente, graças à ajuda de outros italianos que estavam dispostos a escondê-los. A solidariedade não foi uma palavra vazia durante esse período – o mais terrível da história da Itália reunificada.

Os grupos de judeus das cidades do norte que tentaram fugir para a Suíça, de uma forma ou de outra, foram continuamente perseguidos por unidades e colaboradores alemães, que estavam começando a se reorganizar. Ao mesmo tempo, os judeus que viviam na área em torno do lago Orta e do lago Maggiore foram presos e mortos, inclusive o tio e o primo de Primo Levi. No total, 57 judeus foram assassinados pelos alemães nessa parte do Piemonte durante as semanas seguintes a 8 de setembro de 1943. Esse período dramático da história italiana é conhecido como o Holocausto de Lago Maggiore. Os judeus que chegavam à fronteira suíça eram às vezes enviados de volta à Itália pelos guardas de fronteira da Confederação, sob a ameaça de serem entregues aos alemães e colaboradores. A política suíça de portas fechadas não durou por muito tempo e eles se tornaram mais acolhedores, embora muitas das pessoas destituídas e perseguidas tenham sido colocadas em campos de concentração até o final da guerra.

O episódio mais atroz de perseguição antissemita na Itália, o ataque ao bairro judeu de Roma, ocorreu durante a primeira fase da invasão alemã. Era onde os judeus viviam havia quase 2 mil anos e que os italianos chamavam de "lugar da Judeia". Hoje, na área entre o Pórtico de Otávia e a Sinagoga, é possível saborear a gastronomia típica dos judeus romanos, começando com as famosas "alcachofras da Judeia". O ataque ocorreu em 16 de outubro de 1943, o "Sábado Negro", e foi o trabalho de uma unidade da Gestapo em colaboração com uma unidade da SS, que havia chegado especialmente da Alemanha. Um total de 1.259 pessoas foi levado em caminhões. Após uma verificação sumária, 1.023 judeus romanos foram presos naquele dia e deportados para Auschwitz, além de uma criança que nasceu logo após a prisão de sua mãe. Apenas dezesseis pessoas sobreviveriam, e nenhuma das duzentas crianças presas e deportadas durante o ataque teria se salvado.

8

Redes clandestinas

No outono de 1943 teve início a caçada nazifascista aos judeus italianos, cujo objetivo era o extermínio. Consequentemente, logo foram desenvolvidos planos para esconder os que estavam sendo perseguidos. Apesar do silêncio do Papa Pio XII, após a prisão em 16 de outubro, e da timidez geral em seus discursos em relação às perseguições antissemitas – ainda mais notável em comparação com a atitude pública firme de seu antecessor, Pio XI, que morreu em 10 de fevereiro de 1939 –, várias figuras católicas italianas começaram a se organizar para evitar serem presas e deportadas. Sem dúvida, Pio XII estava ciente desses planos, o que complicou ainda mais o debate histórico em torno de seu comportamento durante esse período.

Naquela época, a Igreja tinha a única rede independente em toda a Itália. No entanto, para os católicos que estavam engajados na luta contra as perseguições nazistas, era necessária extrema cautela, pois os ouvidos fascistas estavam por toda parte e, portanto, aqueles que participavam dos esforços para salvar os judeus tinham de permanecer nas sombras a todo custo. Enquanto isso, a Resistência político-militar era coordenada e, a partir de setembro de 1943, também pôde contar com uma rede capilar clandestina, além das unidades armadas que se beneficiavam de equipamentos militares sendo lançados de aviões aliados. Essas unidades *partigiani* (guerrilheiras) operavam principalmente nas regiões montanhosas do centro e do norte da península, onde era mais difícil realizar com sucesso as operações de varredura contra os ocupantes e colaboradores.

Apesar de serem eles próprios alvos diretos de perseguição, alguns membros da comunidade judaica italiana ajudaram a organizar o esconderijo, agindo em coordenação com figuras católicas e com a Resistência para combater o antissemitismo e evitar a deportação. Assim, planos detalhados podiam ser transformados em uma série de redes de proteção, às vezes muito dinâmicas, além dos milhares de esforços de pessoas comuns que não faziam parte de nenhuma rede específica, para esconder judeus em apartamentos, porões, sótãos e em qualquer lugar onde fosse possível encontrar abrigo. Esse foi o caso de Armando (conhecido como Armandino) Sizzi, primo de Gino Bartali, dono de uma loja de bicicletas no centro de Florença, na via Pietrapiana. Durante um tumulto, os dois primos salvaram uma dúzia de pessoas que estavam tentando fugir, empurrando-as para dentro da loja e fechando rapidamente as persianas. Duas das pessoas, um judeu e um cigano, aceitaram a oferta de Armandino de se esconderem no porão da loja pelo maior tempo possível. Eles permaneceriam lá até que Florença fosse libertada pelos Aliados e pela Resistência italiana em agosto de 1944, após uma terrível batalha travada pelos *Partigiani* nas ruas e nos prédios da cidade devastada.

Durante todo o período de 1943 e 1944, muitos italianos demonstraram exemplos extraordinários de solidariedade e generosidade. Em uma época de tragédia, muitas famílias abrigaram judeus, arriscando suas próprias vidas. Mas também havia informantes, prontos para sacrificar a vida de outros graças ao ódio ou à ganância. Gino Bartali escondeu a família Goldenberg, que, logo após a introdução das leis raciais em 1938, havia fugido inicialmente da cidade de Fiume, em

Adriatice, onde essa família judia era bem conhecida e, portanto, sentia-se particularmente ameaçada, para Fiesole, perto de Florença. Quando o perigo aumentou com a chegada dos alemães, o pai e a mãe Goldenberg e seus dois filhos procuraram um abrigo mais seguro. Esses judeus, amigos de Armando Sizzi e Gino, agora corriam o risco de serem deportados. O filho de 11 anos, Giorgio Goldenberg, foi colocado no Mosteiro de Santa Marta, em Settignano, perto de Florença, enquanto o pai, a mãe e a pequena Tea, de 6 anos, ficaram com Gino antes de se esconderem em um de seus porões, que naturalmente era considerado um esconderijo mais discreto. O sr. Goldberg e Tea quase nunca saíam do porão, e a sra. Goldberg saía o mínimo possível. Gino garantiu a eles o essencial para sobreviver (e, infelizmente, era apenas o essencial mesmo), durante o período mais difícil de 1943-1944. Aurelio Klein, um primo dos Goldenberg e também de Fiume, foi escondido (e, portanto, salvo) por Gino. Em uma entrevista ao jornal florentino *La Nazione*, em 2005, Aurelio Klein disse: "Bartali lhes ofereceu ajuda concreta. Ele fez o que lhe cabia, sabendo o que estava fazendo. Gino sabia especialmente o que estava arriscando".

A decisão de ajudar os judeus não foi isolada na Itália nessa época. A hospitalidade às vezes durava apenas alguns dias, outras vezes vários meses. Era uma solidariedade que seria mantida até o fim das hostilidades, o que, no caso da Toscana, foi confirmado no verão de 1944, quando, uma após a outra, as várias cidades da região ficaram sob o controle dos Aliados. Muitos italianos se comportaram exatamente como Gino e Armandino: com coragem e generosidade. No entanto, Bartali foi um caso especial devido às várias maneiras pelas quais ele participou da formidável "máquina antideportação", dirigida por personalidades da Igreja Católica e da comunidade judaica. Essa "rede de duas religiões" foi criada em setembro de 1943, no início da ocupação alemã, principalmente na Ligúria, Lombardia, Piemonte, Toscana, Emília-Romanha, Lácio e Úmbria.

Alguns lugares eram de fundamental importância, especialmente as grandes cidades, como Florença, Roma e Gênova – lar de uma das mais importantes comunidades judaicas italianas, além de ser uma cidade portuária e, portanto, usada para contatar estrangeiros. Outros lugares de destaque para as redes eram aqueles repletos de história e povoados por uma solidariedade religiosa dinâmica e corajosa, como Assis, na Úmbria, e Farneta, perto de Lucca, na Toscana. A pequena cidade de Terontola, na Lazio, também era importante devido à sua estação ferroviária.

A "máquina antideportação" pôde contar com o comprometimento de várias pessoas da Igreja Católica e, em particular, do cardeal arcebispo de Florença, Elia Dalla Costa. O cardeal era o mesmo homem que havia benzido a pequena capela particular de Gino Bartali, oficiado seu casamento com Adriana e batizado seu filho, além de boicotar a visita de Hitler à capital da Toscana em 9 de maio de 1938. Havia também o cardeal arcebispo de Gênova, Pietro Boetto, e o bispo de Assis, Giuseppe Placido Nicolini, embora os bispos tenham confiado o contato direto com os vários representantes clandestinos da comunidade judaica a alguns de seus colaboradores: ao padre Aldo Brunacci e ao irmão Rufino Niccacci em Assis, ao monsenhor Francesco Repetto em Gênova e ao padre Leto Casini em Florença. Seus nomes estão todos gravados no Muro dos Justos do Yad Vashem, juntamente com os de dois outros personagens extraordinários que colaboraram com a rede italiana de combate à perseguição da Suécia e da França. O cônsul sueco em Gênova, Elow Kihlgren, foi um dos contatos estabelecidos pelo monsenhor Repetto, que tinha um relacionamento direto com o Núncio Apostólico em Berna, o arcebispo Filippo Bernardini, além de trabalhar com Massimo Teglio, na Ligúria, para esconder judeus e tentar carregá-los em barcos no porto genovês. Preso pela Gestapo na capital da Ligúria em 1944, Elow Kihlgren foi expulso da Itália, mas não antes de experimentar a dura vida das prisões nazistas.

O frade franciscano capuchinho Pierre-Marie Benoît era um especialista na Bíblia com doutorado em filosofia. Ele nasceu Pierre Péteul em 1895 em Le Bourg-d'Iré (Maine-et-Loire) e na Itália era conhecido como padre Maria Benedetto. Ganhou o apelido de "Pai dos Judeus" graças às suas corajosas e brilhantes ações para salvar aqueles que corriam o risco de serem deportados. Durante os primeiros anos da guerra, quando estava em Marselha, padre Maria Benedetto já havia encontrado um meio de imprimir e entregar passaportes falsos para os judeus (apesar da vigilância do governo colaboracionista francês de Philippe Pétain, conhecido como Governo de Vichy e dos alemães), muitos dos quais puderam deixar a França por mar ou indo para a Suíça pelos territórios do sudeste, que foram ocupados pelas forças italianas de novembro de 1942 a setembro de 1943. Pierre-Marie Benoît chegou a Roma em julho de 1943, pouco antes da queda de Mussolini, para falar com o Vaticano sobre seus planos de salvar os judeus. Ele permaneceu em Roma e ainda estava lá quando a situação geral piorou drasticamente em setembro de 1943, e as deportações e prisões deixaram a comunidade judaica sem saída no final do ano. Pierre-Marie Benoît tomou para si a responsabilidade de substituir os líderes dessa comunidade e enfrentar a perseguição racial. Quando se tratava de defender os perseguidos, ele se tornava um destemido.

Padre Maria Benedetto foi um dos líderes da filial romana da DELASEM (Delegação para a Assistência aos Emigrantes Judeus; *Delegazione per l'Assistenza degli Emigranti*), muitos de seus membros foram forçados a deixar a Itália ou foram presos, deportados ou mortos. Para aqueles que viviam em Roma durante a ocupação, a vida se resumia a tomar mil precauções em uma situação de sigilo que tornava quase impossível qualquer tarefa operacional. Foi assim que um monge católico francês se tornou uma figura importante na rede judaica italiana. A DELASEM foi criada em dezembro de 1939 pela UCEI (União das Comunidades Judaicas da Itália; *Unione delle*

Comunità Ebraiche Italiane). Entre seus membros fundadores havia três personagens muito diferentes, mas todos unidos pelo fato de terem sido perseguidos por serem judeus: Dante Almansi, ex-prefeito fascista e, posteriormente, presidente da UCEI, que havia sido excluído da administração pública italiana após as leis raciais; o advogado genovês Lelio Vittorio Valorba, vice-presidente da UCEI e bem conhecido em sua cidade, onde mantinha, entre outras coisas, excelentes relações com a arquidiocese; e o militante antifascista Raffaele Cantoni, que tinha ligações com a Resistência italiana e estava em contato com os Aliados. Um ex-fascista, um advogado e um militante antifascista.

A DELASEM foi uma organização legal até setembro de 1943, mas suas atividades se tornaram clandestinas após a ocupação alemã da Itália e com o nascimento do estado fantoche, a Repubblica Social Italiana. Apesar da existência da DELASEM, a comunidade judaica italiana pagaria o preço por não ter ciência da verdadeira natureza e a dimensão dos perigos que enfrentava. Mesmo após o início da ocupação alemã, ainda havia pessoas na comunidade que acreditavam no que lhes era dito por alguns representantes das forças de ocupação. Em 26 de setembro de 1943, o comandante da Gestapo em Roma, Herbert Kappler, convocou o líder da comunidade judaica da capital, Ugo Foà, e o presidente da UCEI, Dante Almansi, e lhes pediu que entregassem 50 quilos de ouro em 36 horas em troca da vida dos membros da comunidade judaica local. O ouro foi encontrado com uma rapidez sem precedentes e o tesouro foi entregue a Kappler dentro do prazo programado. No entanto, isso não foi suficiente para evitar a prisão em 16 de outubro de 1943 e a deportação para Auschwitz dos judeus presos durante o ataque.

O objetivo inicial da DELASEM – pelo qual Raffaele Cantoni vinha lutando havia anos – era salvar, auxiliar e proteger os colonos judeus que chegavam à Itália vindos da Alemanha (incluindo a Áustria) e da Europa oriental. Alguns dos que chegavam estavam completamente desamparados e não tinham praticamente nada, enquanto outros tinham um visto de um país anfitrião, mas precisavam encontrar uma maneira de chegar lá. Essa era a situação em 1940 para os judeus com visto para Xangai, que havia sido emitido pelo cônsul-geral da República da China em Viena, Ho Feng-Shan (que mais tarde seria declarado "justo" em 2001 por salvar "centenas, se não milhares" de judeus). Apesar da mudança da situação em setembro de 1943, a DELASEM não mudou seu nome, mas sim seu objetivo. De agora em diante, tratava-se de salvar, esconder e, se possível, ajudar a retirar os judeus italianos (além dos judeus estrangeiros presentes no país) levando-os para a Suíça ou para as áreas da Itália que já haviam sido libertadas. Isso exigia muito dinheiro, que chegava a Gênova via Suíça. Indivíduos confiáveis foram então encarregados de ir a Gênova para coletar o dinheiro e levá-lo a Florença e Roma, antes de a cidade ser libertada em 4 e 5 de junho de 1944 pelas tropas americanas do general Mark W. Clark. Durante o período de 1943 a 1944, a DELASEM foi, consequentemente, o principal meio de assistência aos membros perseguidos das grandes e pequenas comunidades judaicas da Itália ocupada pelos nazistas. Era o pilar judaico da grande rede clandestina, da qual Gino Bartali também fazia parte.

Alguns judeus italianos desempenharam um papel fundamental na "máquina antideportação". Em Gênova, muitos acordos (como a chegada de dinheiro da Suíça e a partida clandestina de judeus) foram gerenciados por Massimo Teglio. Membro da DELASEM, Teglio agia em cooperação com Riccardo Pacifici, o rabino de Gênova, um dos primeiros da rede a ser preso. Ele foi enviado para Auschwitz em 1943, junto com sua esposa, Wanda Abenaim, e foram mortos. Os pilares judaicos da rede toscana eram Giorgio Nissim, responsável pelas cidades ao longo da costa (Lucca, Pisa e Livorno, onde havia comunidades judaicas tradicionalmente importantes), e, a partir de dezembro de 1943, por toda a região, e o rabino Nathan Cassuto, que era o principal contato em Florença, onde a DELASEM se reunia em edifícios católicos, como na sacristia da Igreja de São Marcos. O rabino Nathan Cassuto conhecia bem o cardeal Elia Dalla Costa, arcebispo de Florença, e sua colaboração ajudou a desenvolver o projeto de esconder judeus em conventos da Toscana. Depois de ser traído, Nathan Cassuto foi preso em Florença em 26 de novembro de 1943, quando participava de uma reunião na sede da Ação Católica, em Via de' Pucci. O padre Leto Casini também estava presente na reunião e mais tarde retomaria suas atividades para ajudar a salvar os perseguidos, mas só depois de passar um tempo na prisão.

Raffaele Cantoni foi preso três dias depois em Florença, enquanto procurava informações sobre Cassuto. Ele estava acompanhado por Anna Di Gioacchino (esposa de Cassuto) e seu amigo Saul Campagnano. Os destinos dessas pessoas seriam muito diferentes. Saul Campagnano morreu em Auschwitz em março de 1944. Nathan Cassuto e Anna Cassuto Di Gioacchino também foram deportados para Auschwitz, mas foram separados na chegada. Nathan foi então transferido para Gross-Rosen, onde morreu em fevereiro de 1945, pouco antes da libertação do campo. Anna foi enviada para Terezinstadt e ainda estava lá quando o campo foi liberado no final da guerra. Ela decidiu viver na Palestina, onde encontrou trabalho em um hospital, antes de ser morta em uma emboscada em 13 de abril de 1948, durante a Guerra Árabe-Israelense. Raffaele Cantoni, por sua vez, foi deportado para Auschwitz, mas nunca chegou lá. Em 6 de dezembro de 1943, quando seu trem com destino à Polônia atravessava o Vêneto em direção à Áustria, Cantoni aproveitou uma situação favorável e pulou do trem. Ele conseguiu chegar à Suíça e fez contato com um advogado chamado Valobra, determinado a continuar seu compromisso com a DELASEM. Ele também trabalhou para estabelecer uma unidade militar judaica (a Força de Combate Judaica;

Chativah Yehudith Lochemeth), que lutaria como parte do Exército Britânico durante os últimos estágios da Campanha Italiana.

Gênova e Florença eram cidades importantes para a nova "rede de liberdade", formada por figuras católicas e pelos judeus da DELASEM. Valorba e Cantoni mantiveram contato da Suíça com os cardeais Boetto, Dalla Costa e Nicolini, que também mantinham contato próximo e constante entre si. Dalla Costa procurou Gino Bartali no início do outono de 1943 para propor-lhe que se tornasse um "mensageiro da liberdade". Emilio Berti, um grande amigo de Gino, conhecia bem o cardeal e o acompanhou até o palácio do arcebispo. Dalla Costa falou sobre os benefícios de que o grande campeão esportivo desfrutava. Afinal, Gino, com 29 anos à época, era uma estrela do esporte muito famosa na Itália e bem conhecido pelos ocupantes. Um dia, uma unidade de soldados alemã foi parada porque dois ciclistas militares, que eram fãs do campeão, o reconheceram e queriam, acima de tudo, ter a chance de conversar com ele. Um autógrafo pode salvar uma vida! Bartali tinha um motivo perfeitamente plausível para andar de bicicleta: ele estaria treinando. A guerra não duraria para sempre e era razoável supor que, após as hostilidades, o esporte retomaria seu lugar no mundo. Em suma, ele tinha que continuar a correr quilômetros. A grande vantagem para Gino era que ele podia se movimentar em uma época em que não era seguro para ninguém sair de casa e viajar de uma região para outra envolvia riscos, interrogatórios e buscas.

Depois de seu casamento, Gino Bartali levou uma vida militar relativamente tranquila, graças principalmente à sua popularidade, mas também à sua capacidade de se manter em um ambiente de paz devido ao seu coração incomum, que os médicos militares consideraram uma anomalia e, por isso, decidiram colocá-lo em unidades territoriais de infantaria. O campeão de ciclismo foi designado para "cumprir ordens" do exército na Itália, o que significava que Gino também podia tomar parte em eventos esportivos. Junto com outras figuras do esporte italiano, ele participou de competições que o regime esperava que dessem à população uma sensação quase impossível de normalidade. Bartali teve a oportunidade de nunca estar muito longe de sua família. Antes da queda de Mussolini, em 25 de julho de 1943, ele fazia parte da "milícia rodoviária" (essencialmente a polícia de trânsito) e estava estabelecido em Florença. Em 8 de setembro de 1943, foi anunciado o armistício e, em seguida, a dissolução substancial do exército italiano – o dia de *Tutti a Casa* (Regresso ao lar), literalmente "Todos vão para casa", de acordo com o título do famoso filme dirigido por Luigi Comencini em 1960.

Durante as semanas caóticas do verão de 1943, entre 25 de julho e 8 de setembro, um general chegou a Florença vindo de Roma. De acordo com a biografia de Andrea Bartali sobre seu pai (*Gino Bartali, Mio Papà* [Gino Bartali, meu pai], p. 75), ele abordou os membros da milícia rodoviária sobre a possibilidade de "se demitir". Gino apresentou sua renúncia e, novamente, de acordo com o relato de Andrea, foi "liberado de suas obrigações militares". No entanto, ele ficou livre apenas até certo ponto, pois, uma vez instaladas no poder, as autoridades colaboracionistas de Florença tentaram forçá-lo a voltar ao exército no outono de 1943. Gino foi convocado perante os novos líderes da milícia rodoviária, que ameaçaram acusá-lo de "deserção". Sem poder sair, ele foi detido sob custódia em uma das prisões de Florença. A situação ficou muito tensa, mas ele acabou sendo libertado – graças a um oficial que foi seduzido por suas façanhas esportivas – e quase foi esquecido pelo exército.

No livro *La Mia Storia* [Minha história], o relato de Bartali sobre sua vida ao jornalista Mario Pancera, ele reiterou seu pedido de demissão e, finalmente liberado de todas as obrigações militares, pôde voltar a viver em casa. Na realidade, não foi apenas sua "demissão" da milícia rodoviária que permitiu que Bartali finalmente voltasse à vida civil. A renúncia em si era absolutamente inútil para as novas autoridades colaboracionistas da República de Salò, e os dois fatores adicionais que o ajudaram a deixar o exército foram a situação caótica e (mais uma vez) o alto *status* de sua popularidade. Sempre que alguém tentava criar problemas para ele, havia (felizmente) outros que o ajudavam. Ele poderia ter decidido levar uma vida relativamente tranquila, evitando ao máximo os muitos perigos do momento, mas, em vez disso, escolheu uma opção completamente diferente. Decidiu colocar-se a serviço de uma causa humanitária, usando os privilégios decorrentes de sua popularidade esportiva, e juntar-se às redes de ajuda aos que estavam sendo perseguidos, mesmo que isso significasse riscos enormes. Se ele não fosse Gino Bartali, não teria podido tirar proveito de certos benefícios. Ao mesmo tempo, se ele não fosse Gino Bartali, não teria colocado essas vantagens a serviço dos outros.

9

Gino, o Justo

Entre o outono de 1943 e o verão de 1944, Gino Bartali viveu com Adriana e seu filho Andrea em Florença ou em casas de campo próximas à capital da Toscana. Ele mudou de casa para permanecer nas sombras e reduzir ao máximo o risco de ser identificado. Ele também queria se proteger dos olhares curiosos dos inimigos e de seus informantes, bem como dos bombardeios de aviões "amigos" (pois os americanos e os britânicos visavam especialmente as estações ferroviárias). As baixas civis eram altas: 215 pessoas foram mortas em um único bombardeio em Florença, o primeiro de uma longa série, em 25 de setembro de 1943. Consequentemente, Gino começou suas missões humanitárias "pedalando" em sua bicicleta.

Durante seu encontro com Gino, o arcebispo de Florença, Elia Dalla Costa, insistiu que ele era uma das poucas pessoas que poderiam cumprir com sucesso a missão de ser um "mensageiro da liberdade" e ser capaz de carregar e esconder os documentos de identidade falsos que eram necessários para salvar centenas de vidas humanas. Gino sabia que as barras de metal de sua bicicleta de corrida eram ocas por dentro. Ele também sabia como desmontá-las e remontá-las a toda a velocidade. Afinal de contas, ele havia trabalhado como consertador de bicicletas e não seria uma tarefa difícil. Gino podia remover o selim e o canote, encher o tubo do selim e outras partes utilizáveis com documentos, montar tudo novamente em alguns instantes e começar a pedalar como se nada tivesse acontecido. Porém, era preciso considerar os riscos para si mesmo e para sua família: se algo acontecesse com ele, Adriana e o pequeno Andrea estariam sozinhos no meio da tempestade. Mas quantas pessoas morreriam se ele recusasse o pedido do cardeal? Dezenas, talvez centenas. Gino passou uma noite rezando antes de aceitar. Ele lideraria sua luta contra a barbárie nazista pedalando entre as diferentes cidades do centro e do norte da Itália. Bartali pedalou durante meses, movido pela consciência de que estava cumprindo seu dever como homem e pela esperança de que ninguém jamais acreditaria que havia documentos escondidos dentro da estrutura metálica de sua bicicleta. Ele ganhou a aposta. Nenhum dos soldados alemães e fascistas que o encontrou nas estradas de uma Itália devastada pela guerra teria imaginado a chave de seu segredo. Ao percorrer milhares de quilômetros, Gino certamente faria tudo o que pudesse para ser reconhecido como o Grande Bartali. Tudo isso fazia parte de seu plano. Como campeão de ciclismo de estrada, ele podia usar do pretexto de que estava treinando. Gino era facilmente identificado e os italianos de todos os lugares sabiam como ele era. Além disso, em suas viagens, ele costumava usar uma camisa com o nome "Bartali" escrito em letras bem grandes: se alguém não reconhecesse seu rosto, poderia ler seu nome.

O plano concebido pela "rede das duas religiões" agora estava claro. Os homens, as mulheres e as crianças que corriam o risco de serem deportados deveriam – sejam escondidos em mosteiros ou em casas particulares – ter identidades falsas para evitar ataques, poder comer (graças aos cartões de racionamento) e, se possível, fugir das cidades onde seriam facilmente reconhecidos. E também era necessário que sonhassem. Sonhassem com uma viagem para as áreas da Itália que já haviam sido libertadas. Esses homens, mulheres e crianças eram bons italianos judeus, mas agora deveriam ser capazes de se apresentar como bons italianos "arianos". Era isso ou correr o risco de serem deportados para Auschwitz, o que significaria a morte quase certa.

Eram necessárias pessoas extraordinárias, como Bartali, para levar esses documentos falsos, mas também com coragem e conhecimento para produzi-los. Esse foi o caso dos impressores Luigi e Trento Brizi, de Assis. No outono de 1943, frei Rufino Niccacci entrou em contato com um tipógrafo profissional e politicamente motivado da cidade de Úmbria, cujo nome era Luigi Brizi. Ele odiava os nazifascistas, mas (até seu encontro com Niccacci) não sabia o que fazer para lutar contra eles. Agora sabia. Mês após mês, documentos falsos saíam de seu estúdio como se fossem perfeitamente genuínos. Verdadeiras joias da mais nobre falsificação, frutos da experiência do artesão Luigi, que era ajudado dia e noite por seu filho Trento. Suas carteiras de identidade foram produzidas usando um conjunto muito particular de matérias-primas: fotografias reais, detalhes falsos e uma combinação de carimbos genuínos ou falsos, que haviam sido roubados por funcionários que também estavam prontos para colocar suas vidas em risco. Alguns a um custo bem alto. Claudio Lastrina, por exemplo, roubou selos oficiais da prefeitura de Gênova, onde trabalhava. Preso pelos alemães, foi fuzilado em 1944, embora seus torturadores não tenham conseguido obter dele nenhuma informação sobre as redes clandestinas.

As informações escritas nos novos documentos de identidade dos judeus precisavam ser falsas, confiáveis e, acima de tudo, impossíveis de verificar. Teoricamente, os documentos deveriam ter sido emitidos pela administração pública de uma cidade do sul da Itália que já tivesse sido libertada pelos Aliados. Como resultado, os nazistas e seus colaboradores não poderiam verificar as informações com uma simples ligação telefônica. Os nomes nos novos documentos precisavam estar acima de qualquer suspeita, portanto qualquer nome que pudesse ser identificado como judeu era italianizado, embora mantendo certa assonância com o original, de modo a limitar o risco de confusão por parte da pessoa em questão. Essas precauções eram particularmente necessárias no caso de crianças, que tinham maior probabilidade de errar o nome falso. Giorgio Goldenberg, por exemplo (a criança escondida no mosteiro de Settignano e, no final da ocupação alemã de Florença, no porão de Gino Bartali, onde sua irmã e seus pais já estavam morando), recebeu documentos falsos com o nome de Giorgio Goldini. É fácil imaginar quantas vezes os adultos teriam lhe dito que seu nome agora era Goldini. De maneira semelhante, o nome Frankenthal provavelmente se metamorfoseou em Franchi, enquanto a família Baruch passou a se chamar Bartoli. Viterbi, um nome de família com conotações judaicas, tornou-se Vitelli. O mesmo vale para Finzi, que se tornou Figuccia, Luzzatto se tornou Luciani, e Majonica foi alterado para Majorana. Quanto à família Franckfurter, a partir de então ela seria conhecida como a família Franchini.

Em cada viagem, Bartali se deparava frequentemente com postos de controle nazistas, mas não demonstrava nenhum sinal de nervosismo. Ele falava com os militares da forma mais gentil possível, especialmente porque às vezes eles o questionavam mais sobre suas conquistas esportivas do que sobre as razões por trás desse "treinamento" em tempos de guerra. Ele lhes contava sobre a "famosa etapa" do Tour de France ou sobre a derrota em sua primeira Milão-Sanremo, quando ainda era ingênuo demais para ser um verdadeiro campeão. Se um deles tocasse em sua bicicleta, ele pedia que tomassem cuidado, pois cada peça havia sido projetada e ajustada para garantir o máximo de desempenho e velocidade. Não se brinca com uma bicicleta de corrida de alto nível! Durante essas conversas com os soldados da Wehrmacht ou do exército de Mussolini, tudo se juntava em um grande caldeirão:

o desejo genuíno de falar sobre suas façanhas esportivas e o medo ainda mais genuíno de alimentar dúvidas sobre os motivos por trás de suas viagens. Ele tinha que ser esperto, como durante as etapas do Giro e do Tour, quando fingia estar doente antes de se lançar em um ataque furioso contra seus adversários. Ou quando aparecia no início de uma corrida com um cigarro na boca, como se quisesse desafiar os outros ciclistas, exibindo uma indiferença quase insultante em relação à situação. Os outros competidores nas etapas das duas principais competições de ciclismo aprenderam da maneira mais difícil que Gino era considerado um artista de uma nova forma de *commedia dell'arte*, em que a comédia era aplicada ao esporte para alcançar a vitória.

Dessa vez, a comédia foi aplicada a uma missão ultrassecreta. Bartali sabia que provavelmente seria morto se a verdadeira natureza de suas viagens em meio a exércitos em movimento e populações martirizadas fosse descoberta. Além disso, além de sugerir que ele se tornasse um "mensageiro da liberdade", o cardeal Dalla Costa pediu-lhe que se comprometesse formalmente de modo a respeitar o sigilo absoluto de suas viagens e de sua missão. Sua missão devia ser mantida em segredo absoluto, inclusive de sua família e de sua esposa. Ao deixar a casa da família em uma de suas missões, ele dizia a Adriana que estava indo treinar porque, como campeão de ciclismo, queria "manter a forma". Ele podia até visitar um velho amigo durante o "treinamento" e, portanto, não havia motivo para preocupação se não voltasse para casa naquela noite. Gino respondia calmamente às perguntas de Adriana e dissipava qualquer dúvida que ela tivesse, dizendo-lhe que estava tudo bem. Ele pedia à esposa que confiasse nele, e Adriana sabia que Gino merecia sua confiança. Obviamente, havia muito que não era dito entre os dois cônjuges, mas, acima de tudo, havia confiança mútua, a matéria-prima de qualquer relacionamento humano sólido.

As "sessões de treinamento" de Bartali incluíam visitas aos mosteiros que escondiam judeus. Alguns deles ficavam em Assis, onde

São Francisco nasceu em 1181 e morreu em 1226. Sua mensagem é um hino à esperança e ao otimismo, incentivando as pessoas a se abrirem para os outros e para o mundo ao seu redor, especialmente para a natureza, que é sempre uma fonte de meditação. O futuro também pode ser inspirador. Afinal, o dia sempre voltará depois da noite, e a chegada da noite não significa a morte da esperança. A oração de São Francisco é uma canção de alegria dirigida ao Senhor:

> Louvado seja você pela risada de uma criança
> Louvado seja você pelo momento
> Louvado seja o Senhor pelo perdão concedido
> Louvado seja o Senhor pelo amor encontrado!
>
> Louvado seja você pelo canto dos pássaros
> Louvado seja você pelo frescor da água
> Louvado seja você pela chuva e pelo vento
> Louvado seja você pela noite que desce!

Louvor também para os monges nos mosteiros e por sua coragem. Assis era o destino final da rota principal de Bartali. Havia mosteiros por toda parte, e ele sempre tinha algo a fazer, falando ou ouvindo aqueles que abrigavam crianças judias. Felizmente, Assis não era uma engrenagem estratégica no contexto das operações militares em andamento na Itália central. Não havia linhas de comunicação, indústrias ou usinas de energia importantes e, embora houvesse muitos mosteiros, não havia quartéis. Como resultado, a cidade tornou-se cada vez mais importante como local de ajuda humanitária. Os Aliados a preservaram dos bombardeios, tratando-a como se fosse um grande hospital. De setembro de 1943 a junho de 1944 (a libertação da Úmbria), Gino participou de dezenas de "sessões de treinamento" entre Florença e Assis, visitando especialmente o convento das clarissas em San Quirico.

Após a morte do campeão de ciclismo, no ano 2000, Adriana visitou pessoalmente alguns dos mosteiros e conventos onde seu marido havia estado durante a guerra, depois de mentir carinhosamente para ela sobre os motivos de suas viagens. Ela foi a Assis (de carro) acompanhada pelo escritor Paolo Alberati. No documentário *Bartali, il Campione e l'Eroe* (Bartali, o campeão e o herói), exibido na televisão italiana, Alberati descreveu a conversa entre Adriana e a irmã Alfonsina Santucci. Esta última disse a Adriana que havia se encontrado com seu marido "pelo menos quarenta vezes" durante o período sombrio da Segunda Guerra Mundial. Quarenta vezes em trinta semanas. São muitas visitas!

Os mosteiros de Assis não eram usados somente para abrigar judeus. Por iniciativa do bispo Giuseppe Placido Nicolini e de seus colaboradores Aldo Brunacci e Rufino Niccacci, esses centros espirituais na cidade da Úmbria eram o centro da antiperseguição na Itália central. Eles incluíam o mosteiro de San Damiano (São Damião), com o padre Rufino Niccacci; o de San Quirico das Clarissas, com a abadessa Giuseppina Biviglia e a irmã Alfonsina Santucci; bem como o convento dirigido pelas irmãs estigmatinas, com a madre superiora Ermella Brandi. Cada local recebia os jornais (da gráfica da família Brizi) e os entregava, direta ou indiretamente, a Bartali, que chegava de bicicleta e sempre demonstrava um comportamento cortês e tranquilo. "Ele era muito gentil e sensível, mas não falava com outras pessoas", lembrou a irmã Eleonora Bifarini. Gino escondia os documentos em sua bicicleta quando os levava para Florença, entregando-os, por sua vez, às pessoas de confiança designadas pelo monsenhor Dalla Costa. Ao mesmo tempo, Gino deixava com o padre Niccacci (ou com pessoas de sua confiança) as fotografias de identidade dos judeus que viviam nos mosteiros da Toscana. Essas fotos eram então usadas para criar os documentos falsos que ele coletaria em sua visita de retorno. Ocasionalmente, Gino entregava, ou tentava entregar, os documentos de identidade falsos diretamente às pessoas que estavam sendo escondidas por famílias na Toscana. A sra. Giulia Donati Baquis, que estava escondida em Lido di Camaiore, disse aos funcionários do Yad Vashem após a morte de Bartali que ele havia visitado a casa da família que a abrigava, mas não pôde deixar os documentos devido a um mal-entendido fora de seu controle: a pessoa que abriu a porta temia uma armadilha e o empurrou para longe sem permitir que ele entregasse os documentos falsos.

A gráfica da família Brizi, casa de artesãos altamente qualificados e antifascistas confiáveis, foi a chave para as viagens de Bartali no eixo florentino em direção ao sul e à cidade de São Francisco. A viagem em si tinha quase 200 quilômetros, e, embora a estrada atual tenha 172 quilômetros, a situação na época era muito diferente e exigia vários desvios. Documentação relativa às atividades do bispo Giuseppe Placido Nicolini, de dom Aldo Brunacci, do padre Rufino Niccacci, da tipografia da família Brizi, do convento das clarissas, do mosteiro de São Damião e de outros centros religiosos durante a Resistência é hoje mantida no Museu da Memória em Assis. Uma memória a ser redescoberta.

No caminho entre Florença e Assis, Gino, por vezes, fazia uma parada na estação de trem de Terontola, próxima do lago Trasimeno. Esses locais eram importantes para a Resistência e, mais uma vez, Bartali fazia uso de sua popularidade, com um objetivo estratégico: criar confusão quando os trens entravam na estação. A estação ferroviária de Terontola é uma das mais importantes da região central da Itália, pois está localizada no cruzamento entre a linha de Norte-Sul e a que segue para Perugia, a capital da Úmbria. A confusão gerada por sua presença permitia que pessoas procuradas escapassem mais facilmente dos rigorosos controles dos militares nazifascistas, que patrulhavam esse ponto estratégico com grande atenção. Funcionava da seguinte maneira: Gino chegava à estação de Terontola enquanto um trem se aproximava. Seu amigo Leo Pipparelli – que era amante do ciclismo e administrava o restaurante da estação com sua esposa, Bruna – estava sempre em alerta, pronto para chamar a atenção de todos presentes na estação. Quando o campeão chegava, ele o recebia com um entusiasmo sincero e contagiante, gritando: "Bartali chegou! Bartali chegou!", enquanto a multidão se reunia rapidamente em torno do campeão. Os soldados alemães eram obrigados a observar o fluxo de viajantes e a pequena multidão que demonstrava claramente seu entusiasmo pelo famoso esportista. A popularidade de Gino gerava confusão, e a confusão ajudava aqueles que tentavam não ser notados, seja para descer do trem e se misturar na multidão, seja para subir no trem e ir embora. Depois disso, Gino retomava seu caminho, às vezes passando entre os bloqueios militares. Além disso, os postos de controle nazifascistas não eram o único perigo: os aviões americanos bombardeavam qualquer coisa que se movesse. Sempre que avistava os caças americanos sobrevoando a cidade, Bartali se escondia e rezava. Felizmente ele se escondia bem e rezava melhor ainda, embora mais tarde dissesse a seu filho, Andrea: "Aqueles aviões começavam a bombardear e só depois desciam para ver o que tinham bombardeado!".

De volta a Florença depois de um dia (ou dois) fora, Bartali sabia que os colegas colaboradores do cardeal Dalla Costa enviariam a preciosa carga transportada em sua bicicleta para os mosteiros. Nesse meio-tempo, esses mesmos mosteiros nunca estavam ociosos. Os monges e as freiras rezavam, como haviam feito por muitos séculos, e trabalhavam, de acordo com o lema latino de São Bento: *ora et labora* (ora e trabalha). O alimento para o espírito e, mais ainda, o alimento para o corpo é indispensável, tudo produzido graças ao trabalho agrícola 100% orgânico. Nos conventos onde os judeus estavam escondidos, a oração era bastante peculiar. Afinal, os mosteiros eram verdadeiras escolas católicas para pessoas que, com poucas exceções, não tinham a intenção de se converter. As mulheres, os homens e as crianças, em particular, "só" precisavam mostrar que eram bons cristãos para salvar a própria pele.

As crianças judias nos mosteiros de Assis, Settignano, Lucca e muitas outras cidades italianas aprendiam a memorizar tanto em italiano quanto em latim a *Ave-Maria* e o *Pater Noster*. Quanto mais sabiam as orações, mais eruditos eram e mais provável era que se apresentassem como "arianos". Como já foi dito, mas vale a pena mencionar novamente, o critério racista dos nazifascistas não era religioso, mas "biológico"; eles perseguiam os "não arianos", mesmo que se convertessem ao cristianismo. Para eles, era a mesma coisa: uma pessoa era "biologicamente" judia, mesmo que acreditasse em Jesus, que, de qualquer forma, também teria ido parar em Auschwitz, de acordo com Hitler e Mussolini: ele era judeu e circuncidado, de acordo com o Evangelho. Um bom conhecimento de orações não era garantia absoluta para evitar a deportação, mas certamente poderia ajudar alguém a evitá-la. Especialmente se a pessoa também tivesse documentos falsos com um nome mais italiano do que pizza *margherita*. Para os meninos, o risco de serem examinados para verificar a circuncisão sempre permaneceu. No entanto, essa operação, especialmente no contexto de um convento, apresentava problemas até mesmo para os nazistas. Era difícil praticá-la sistematicamente e poderia até parecer desnecessária se as crianças soubessem as orações cristãs e tivessem os documentos de identidade corretos.

A importância do "mensageiro" Bartali era, portanto, relativamente comum, assim como a de outros (alguns conhecidos e outros provavelmente desconhecidos) que, de uma forma ou de outra, estavam envolvidos nessa rede da Resistência. Graças aos documentos trazidos por Gino, uma criança judia poderia deixar o convento com sua mãe ou com uma mulher que se passasse por membro de sua família, para ir em busca de uma nova vida. A partir desse momento, o verdadeiro problema passava a ser o de não ser reconhecido pelas pessoas que haviam conhecido em sua vida anterior. A vingança e a chantagem eram problemas sérios para aqueles que se escondiam. Algumas famílias tinham contas a acertar com o vizinho, e uma carta anônima poderia ser suficiente para "acertar as contas", enviando o neto do homem que havia insultado o primo de uma tia para um campo na Alemanha ou na Polônia. A covardia de alguns, assim como o heroísmo de outros, mostraram-se nos piores momentos de uma sociedade em crise.

Além do eixo Florença (Assis), as viagens de Bartali também o levaram para o noroeste, para as cidades de Lucca e Gênova. A distância de Florença a Gênova é de 230 quilômetros. No caminho de ida ou de volta, Bartali resolveu parar em Lucca, onde havia dois mosteiros muito envolvidos na "rede de duas religiões". Em um deles estava o padre Arturo Paoli, que arriscou sua vida ajudando a Resistência e escondendo judeus (ele também arriscaria muito mais tarde ao desafiar a ditadura militar na Argentina na década de 1970). Ele morreu em Lucca em 2015, aos 103 anos, e foi declarado "justo entre as nações" no Yad Vashem. Bartali levou documentos falsos a Lucca para os judeus do mosteiro do padre Arturo Paoli: Paoli estava trabalhando com Giorgio Nissim, o homem agora encarregado da DELASEM na Toscana após a deportação do rabino Nathan Cassuto. Tomando milhares de precauções, Arturo Paoli e Giorgio Nissim encontraram uma maneira simples e brilhante de evitar as armadilhas dos serviços de inteligência nazifascistas. Eles pegaram notas de cinco liras e as cortaram ao meio, com Paoli mantendo sua metade no convento e Nissim dando sua metade à pessoa que buscaria abrigo com os monges. Ao se apresentar na porta do mosteiro, essa pessoa entregava o pedaço de sua nota de cinco liras para o padre Paoli, que só a deixaria entrar se ela possuísse a outra metade da mesma nota. Somente Arturo Paoli poderia abrigar a pessoa, com a certeza de que não se tratava de uma armadilha nazista.

O outro mosteiro frequentado por Bartali em Lucca – mais uma vez para entregar fotografias de identidade e documentos falsos – era a Cartuxa de Farneta, um local particularmente importante para a rede. O padre Antonio Costa era o responsável por esse local, embora tivesse uma vida muito mais curta do que Arturo Paoli. Antonio Costa e a Cartuxa de Farneta estariam no centro de um evento terrível em setembro de 1944, em uma época em que Gino Bartali não podia mais visitá-los, pois a frente havia dividido a Toscana em duas. Florença já havia sido libertada, mas Lucca ainda estava nas mãos dos nazistas e só seria libertada em 5 de setembro de 1944. Com a ajuda de um informante, os alemães e seus colaboradores obtiveram informações sobre a presença de judeus e membros da Resistência no mosteiro cartuxo. Na noite de 1 para 2 de setembro, soldados alemães da 16.ª Divisão Panzergrenadier "Reichsführer SS" invadiram o mosteiro e saíram pela manhã com seus prisioneiros: monges e dezenas de pessoas que lá estavam escondidas. Nos dias seguintes, doze monges da Cartuxa de Farneta (incluindo o prior da comunidade, o suíço Martin Binz, e o francês Adrien Companion) e pelo menos 32 judeus ou membros da Resistência que estavam escondidos no mosteiro foram fuzilados em vários dias e em diferentes locais pelos nazistas, enquanto se retiravam para o norte. Entre essas vítimas da barbárie nazista estava o padre Antonio Costa, que, como monge, havia adotado o nome de dom Gabriele-Maria e estava encarregado da administração da Cartuxa. Depois de ser torturado, foi fuzilado em 10 de setembro ao lado de um colega monge de Farnet, o suíço dom Pio Egger, aos 46 anos. Durante os interrogatórios, as únicas palavras que pronunciou foram em oração. Antonio Costa, amigo de Bartali, havia visitado o campeão de ciclismo em Florença em 1943 e celebrado a missa em sua capela particular.

Em Gênova, Bartali não se limitava a entregar ou receber documentos e mensagens úteis para o trabalho da rede clandestina. Ele também precisava coletar dólares americanos e francos suíços. Graças à rede internacional DELASEM, o dinheiro chegava da Confederação Suíça e era muito útil quando se tratava de financiar determinadas operações para proteger os judeus. Às vezes isso envolvia o aluguel de um apartamento longe da cidade de origem, onde uma família judia correria o risco de ser reconhecida e denunciada aos alemães, apesar de sua nova identidade. Em outros casos, era necessário dinheiro para financiar contrabandistas que ajudavam os judeus a viajar para a Suíça, no norte, ou para as áreas já libertadas pelos Aliados no sul da Itália. Particularmente ativos e interessados nesse dinheiro eram os "contrabandistas de Abruzzo", que haviam herdado o *know-how* dos rebeldes locais (uma mistura entre o Robin Hood mais romântico e a imagem muito mais prosaica dos próprios bandidos). Os "contrabandistas de Abruzzo", como eram chamados quando operavam como contrabandistas da Itália ocupada para a Itália libertada, eram muito leais e tinham até mesmo seus próprios santos padroeiros – que, por vezes, agiam em seu nome sem pedir uma porcentagem dos dólares que Bartali transportava do arcebispado de Gênova para Florença e possivelmente para Assis. Em seu livro *Gino Bartali: Mio Papà*, Andrea Bartali conta que, na área em torno de Rivisondoli (na província de l'Aquila, no meio das montanhas de Abruzzo), o campeão de ciclismo teve de entrar em contato com um monge "que conhecia todos os contrabandistas, dos quais era também o confessor".

Pouco antes da libertação de Florença, Bartali também correu o risco de cair nas mãos de uma das mais cruéis e sangrentas unidades militares e forças paramilitares do colaboracionismo italiano a serviço de Hitler. O grupo era chamado de "Bando de Carità", em homenagem ao fascista Mario Carità, que aterrorizou Florença durante o período de 1943 a 1944 à frente do grupo italiano de guerrilheiros (às vezes indicados pelo Acrônimo SS). Preso pelos membros da gangue no final de julho de 1944, Gino foi interrogado sobre seu relacionamento com os bispos. O menor indício de que ele havia ajudado a Resistência aproximava sua execução. Ele foi mantido na Villa Triste, como era chamada a sede da Carità. De fato, em várias localidades italianas, Villa Triste era o apelido dado pela população aos locais de detenção e tortura em 1943-1944. Os homens da Carità, que controlavam o serviço postal, interceptaram uma carta do Vaticano para Bartali agradecendo-lhe pelos alimentos que ele havia enviado aos necessitados. Carità acreditava que se tratava de uma mensagem codificada, o que era plausível. Gino estava assustado e, depois da guerra, diria:

> "O interrogatório ocorreu no porão, na presença do major Carità e de três outros soldados. Era um lugar sinistro, que inspirava terror. Aqueles que entravam nele não sabiam em que estado sairiam. Enquanto eles me interrogavam em um tom inquisitivo e arrogante, o major blasfemava constantemente para me ofender e provocar. Sobre a mesa, vi cartas com o carimbo do Vaticano."[32]

Gino estava assustado, mas manteve a coragem. Apesar de ter sido ameaçado, não conseguiram encontrar nada contra ele e – graças mais uma vez à ajuda de alguém presente no interrogatório que era um grande admirador de suas performances esportivas – Gino conseguiu recuperar a liberdade, depois de estar à beira de uma execução sumária. Carità o deixou ir dizendo que pretendia convocá-lo novamente, mas nunca teve tempo. Em agosto de 1944, a cidade de Florença finalmente encontrou sua tão esperada liberdade.

Mas sua liberdade teve um custo; as condições eram particularmente difíceis e houve perdas dramáticas entre a população civil. Finalmente, em 11 de agosto, o som do *"Martinella"*, o sino que era usado para anunciar guerras e grandes eventos aos florentinos desde a Idade Média, lançou sua mensagem de esperança e paz. Sem mencionar a luta. Os alemães haviam saído do centro da cidade, mas os colaboradores ainda estavam bem escondidos e bem armados nas colinas do subúrbio. Um grupo de 49 soldados britânicos se viu preso em uma casa, Villa Selva, perto de Ponte a Ema, sem poder sair graças aos franco-atiradores fascistas que os cercavam. Bartali encontrou uma camisa negra (o uniforme fascista) e, disfarçado, chegou até a casa. Lá, ele organizou a fuga dos britânicos, mostrando-lhes um caminho discreto pelo campo, para que eles escapassem sem perigo e conseguissem alcançar uma zona segura. Os soldados britânicos estavam livres, assim como Florença. Mas Bartali foi novamente ameaçado, dessa vez por um grupo isolado de homens armados e exaltados que diziam pertencer à Resistência e o acusavam de ser um colaborador nazifascista. Se esses homens soubessem a verdade...

A guerra na Itália terminou oficialmente em 25 de abril de 1945, que mais tarde se tornaria o Dia Nacional da Libertação. Capturado por unidades da Resistência enquanto tentava fugir para a Suíça, Benito Mussolini foi fuzilado em 28 de abril. Seu corpo foi pendurado de cabeça para baixo na Piazzale Loreto, em Milão, junto com os de seus colaboradores mais próximos e o de sua fiel amante, Claretta Petacci, que queriam morrer ao seu lado. Por acaso, Bartali passou por ali na mesma hora. Depois de testemunhar a cena, ele só conseguia pensar no passado e no futuro de seu país. Como diz o provérbio latino, assim passa a glória do mundo: *Sic transit gloria mundi!*

Gino Bartali e Jean Robic durante o Tour de France de 1948.

10

Gino, o Velhote

Embora a guerra tivesse acabado, Bartali não falou nada sobre suas extraordinárias realizações humanitárias. Tinha a mente voltada para sua família em crescimento (seu segundo filho, Luigi, nascera em 1946) e para retomada das competições de ciclismo, que também eram um meio de alimentar os seus. Ele se via um pouco desconfortável com a ideia de ter perdido boa parte dos anos mais promissores de sua vida esportiva. Os campeões de ciclismo geralmente atingem a maturidade por volta dos 30 anos, e Gino comemorou seu trigésimo primeiro aniversário em julho de 1945. Havia quem o chamasse de Gino, o Velho ou Velhote, especialmente porque ele não conseguia escapar da comparação com o outro campeão nacional sobre duas rodas: Fausto Coppi. Cinco anos mais novo que ele, Coppi havia vencido a última edição do Giro d'Italia em 1940 e acabara de vencer a prestigiosa Milão-Sanremo em 1946. O velho e o jovem. Esse era um clichê muito desagradável para Gino. Em seu livro autobiográfico *Tutto Sbagliato, Tutto da Tifare* (Tudo estava errado, tudo tinha que ser feito de novo), Bartali usa palavras cheias de emoção para descrever esse momento de sua carreira, dizendo: "Tive de começar tudo de novo. Uma coisa me veio à mente: o fato de que muitas pessoas, amigos ou adversários, começaram a me chamar de *il vecchiaccio*'[33] (um apelido pejorativo, que significa "o velhote"). Em sua obra autobiográfica, *La Mia Storia*, ele diz na página 65 "Eu ainda podia demonstrar para a geração mais jovem que não era o avô que você levava para passear de vez em quando".[34] A idade estava quase se tornando uma obsessão!

O primeiro grande desafio para Gino, o Velhote, que se sentia mais jovem do que nunca, foi também o primeiro Giro d'Italia do período pós-guerra. Em 1946, o Giro era a corrida mais importante do mundo, pois não havia o Tour de France naquele ano (a última edição do Tour havia sido realizada em 1939 e seria retomada em 1947). Gino queria muito aproveitar essa oportunidade para mostrar que ainda tinha muita energia. Gino e Fausto começaram seu duelo pela camisa rosa no primeiro ano completo de paz após a guerra, quando toda a Itália sonhava finalmente ter uma vida cor-de-rosa.

O ano de 1946 deu aos italianos e a muitos europeus (embora, infelizmente, não a todos) a maravilhosa sensação de terem encontrado o caminho da paz e da liberdade. A Itália havia se libertado de Mussolini e de sua ditadura. A guerra mundial, os conflitos coloniais e a invasão alemã eram apenas um velho pesadelo. O país estava lutando em tempos difíceis, mas ainda estava lá. A profecia do soldado alemão no filme *Gino Bartali: l'Intramontabile* (Bartali: o homem de ferro) não se concretizou. Ao verificar os documentos de Gino durante uma de suas missões secretas, ele lhe disse: "Depois da guerra, não haverá mais Giro d'Italia porque não haverá mais Itália". No entanto, em 1945, a Itália ainda estava lá, e o renascimento do Giro em 1946 foi a prova de seu desejo de retorno à normalidade. Foi também o Giro do renascimento: raramente um evento esportivo teve tanto significado político, moral e, pode-se dizer, histórico.

Internacionalmente, a Itália ainda estava exilada, e isso também se aplicava ao esporte e ao ciclismo em particular. Os ciclistas italianos não tinham permissão para participar de competições realizadas em solo de outros países europeus, com exceção da Suíça. Bartali, Coppi e os outros foram vítimas de um boicote absurdo e grotesco, com o objetivo de fazer a Itália democrática pagar pelas responsabilidades da ditadura fascista. Como se o preço já pago pela democracia italiana não tivesse sido alto o suficiente. Naquele momento, o esporte e a política eram inseparáveis. Durante o verão de 1946, os jornais italianos combinaram notícias sobre o Giro, que começou em 15 de junho e terminou em 7 de julho, com informações sobre os preparativos para a tão esperada Conferência Internacional de Paz, que começaria em Paris em 16 de julho no Palácio de Luxemburgo, sede do Senado francês. Ao final da conferência, a Itália assinaria o Tratado de Paz em 10 de fevereiro de 1947. A página havia sido virada de uma vez por todas. Finalmente. Graças, principalmente, ao legado moral e político da Resistência, Roma agora podia voltar, de cabeça erguida, para a comunidade internacional, na qual, para dizer a verdade, havia pouquíssimos países e pessoas que não tinham nada a se censurar.

A Itália agora era uma república. O Estado italiano ainda existia, mas a dinastia Savoy, que havia causado tantos danos por meio das ações do rei Vítor Emanuel III, perdeu o poder. O renascimento do Giro d'Italia, que começou em Milão em 15 de junho de 1946, foi uma janela para o futuro. O país estava em turbulência. O referendo de 2 de junho de 1946, uma data que mais tarde se tornaria um feriado nacional italiano, consagrou a vitória da República contra a desacreditada monarquia de Savoy. Ao mesmo tempo, o país votou em sua Assembleia Constituinte, com o texto da Constituição

Republicana entrando em vigor em 1.º de janeiro de 1948. Dos 556 membros da Assembleia, 207 eram democratas-cristãos, 115 socialistas e 104 comunistas. O governo, baseado no princípio da coalizão de forças que caracterizou a Resistência, reuniu esses três componentes fundamentais da política nacional. Foi liderado pelo líder da DC (Democracia Cristã), Alcide De Gasperi, que havia nascido na província de Trento em 1881.

De Gasperi foi a figura-chave na transição institucional da monarquia para a república, que, como vimos, se desenrolou poucos dias antes da partida do "Giro do Renascimento". A República havia vencido o referendo, mas seus oponentes estavam tentando ganhar tempo por meios controversos e táticas de adiamento. O chefe de governo não caiu na armadilha daqueles que tentavam causar confusão e incerteza. Em 13 de junho, dois dias antes da partida do Giro, o último rei de Saboia, Humberto II (que estava no trono desde 9 de maio, após a abdicação de seu pai, Vítor Emanuel III), exilou-se em Portugal, denunciando a transição institucional como um ato "revolucionário". De Gasperi respondeu imediatamente que tudo havia ocorrido com base na vontade democrática do povo italiano. E foi isso.

O Giro de 1946 teve quatro grandes protagonistas: Gino Bartali, que venceu com uma vantagem de apenas 47 segundos; Fausto Coppi, que perdeu por apenas 47 segundos; Giordano Cottur, o piloto de Trieste, que venceu a primeira etapa, de Milão a Turim, e foi o primeiro a chegar à cidade, no final de uma etapa dramática; e a multidão, que, por seu tamanho e entusiasmo, foi algo extraordinário. Imensa e sempre presente ao longo das estradas devastadas pela guerra, foi a multidão que aproveitou essa oportunidade esportiva para expressar a determinação e o otimismo da nova Itália democrática. De norte a sul da península italiana, os pilotos nunca estavam sozinhos. Desde o último espectador até o papa, os italianos estavam todos ao seu lado. Em Roma, os ciclistas foram recebidos no "*Cortile di San Damaso*" do Vaticano por Pio XII, que, das Salas de Rafael, disse a eles: "Vão, ó bravos ciclistas da corrida terrena e da corrida eterna!".[35] Ciclismo para a eternidade. Doce música para os ouvidos de Gino.

Dia após dia, pouco a pouco, o Giro de 1946 (o mais importante e o mais político da história da "Corrida Rosa") revelou a dimensão dos problemas enfrentados pelo povo italiano, bem como as esperanças de renascimento nacional que acompanhavam essa competição esportiva. Muitas pontes haviam sido destruídas por bombardeios ou explosivos pelos alemães em retirada, e, por isso, os ciclistas atravessavam os rios em pontes-barco. Durante a primeira etapa, de Milão a Turim, os 79 atletas cruzaram o rio Ticino até Magenta em uma ponte de madeira temporária. Mas a situação mais dramática, ligada às tensões internacionais e à nascente Guerra Fria, surgiu da confusão que reinava sobre o futuro de Trieste e do território ao redor. A nova Iugoslávia de Tito, que já era responsável por uma sangrenta "limpeza étnica" nos antigos territórios italianos sob seu controle, queria ocupar Trieste. Ela contava com grupos de ativistas bem organizados e violentos, que realizavam suas atividades no lado italiano da linha divisória. A Conferência de Paz ainda não havia começado em Paris, e as incertezas sobre as fronteiras da nova Itália eram grandes. Roma jamais poderia imaginar abrir mão de Trieste, onde o poder era exercido temporariamente por uma administração militar aliada. Após a pressão de Tito, apoiado na época por Moscou, essa administração militar impediu que a votação de 2 de junho de 1946 ocorresse na região de Trieste. A inclusão de Trieste no itinerário do Giro foi, portanto, uma escolha política extremamente importante. No domingo, 30 de junho, os ciclistas pedalavam de Rovigo a Trieste quando, na área ao redor de Pieris (cerca de 40 quilômetros antes da chegada), foram atacados por manifestantes pró-Tito, que atiraram pedras neles depois de deixarem pregos na estrada. Foram disparados tiros e a imprensa italiana denunciou o ataque ao Giro. Em 1.º de julho, *La Gazzetta dello Sport* expressou o sentimento nacional sob a manchete: "A corrida do povo", acrescentando "em seu brilhante dia de paixão – a extraordinária recepção dos triestinos do Giro d'Italia".[36] Apesar de tal agressão, os ciclistas decidiram ir para Trieste, onde uma multidão os aguardava por toda a cidade e, em especial, na linha de chegada na pista de corrida. O primeiro a cruzar a linha de chegada foi Giordano Cottur, um símbolo vivo no pedal de Trieste. Outra grande manchete da primeira página do jornal *La Gazzetta dello Sport*, em 1.º de julho: "Promessa mantida". A Itália não desistiria dessa cidade.

O Giro terminou uma semana depois na Arena de Milão, onde Giordano Cottur foi levado ao alto em triunfo, junto com Bartali, o vencedor do evento. Gino havia vencido seu terceiro Giro d'Italia, apesar de não ter vencido uma única etapa. Ele trabalhou com seus pontos fortes, como só os adultos sabem fazer, e foi determinado, inteligente e sortudo. Ele queria essa vitória e a alcançou. A corrida (3 mil quilômetros – em dezessete etapas) foi muito difícil: dos 69 ciclistas na largada, apenas quarenta chegaram à linha de chegada. O "Giro da Renascença" deu um novo impulso à juventude de Gino, o Velhote, que também ganhou o prêmio de melhor escalador.

Em 1947, Bartali parecia pronto para vencer a Milão-Sanremo, mas depois de uma terrível batalha contra Coppi nas Dolomitas, que a mídia italiana chamou de "Confronto de Titãs", ele teve que se contentar com o segundo lugar na linha de chegada em Milão. Esse foi apenas o prólogo de um grande ano do ciclismo italiano, na verdade, do ciclismo e da Itália juntos. No início de 1948, Bartali teve a oportunidade, se quisesse, de mudar de emprego. Ele poderia descer da bicicleta e entrar em um carro oficial, pois a DC (Democracia Cristã) queria que ele entrasse no Parlamento. A unidade nacional se desfez em 1947. De Gasperi permaneceu à frente do governo, mas, após forte pressão americana, os socialistas e comunistas foram empurrados de volta para a oposição. A controvérsia política se acirrou e uma nova data, 18 de abril de 1948, se tornaria decisiva para o futuro da Itália, pois testemunhou as eleições legislativas fundamentais para a democracia do jovem país. De um lado estava a Democracia Cristã e, do outro, a Frente Popular (a Coalizão Socialista-Comunista). Foi um duelo impiedoso. O apoio da Igreja ao partido de De Gasperi era óbvio e contínuo, e foi nesse contexto que o partido católico quis alistar Gino como candidato ao Senado ou à Câmara dos Deputados. Sua resposta não deixou margem para dúvidas: ele era um esportista e pretendia continuar assim. Bartali não queria participar ativamente da política e se recusava a se filiar a qualquer partido. Preferia pedalar a falar. Melhor a bicicleta do que o parlamento.

De Gasperi triunfou nas eleições legislativas de 18 de abril de 1948, e, embora Bartali não tenha sido candidato, suas imagens e discursos ainda eram usados. O líder da DC começou a formar seu novo governo, enquanto a esquerda permaneceria na oposição. As primeiras atuações de Gino em 1948 deram aos italianos a impressão de que ele teria feito melhor se tivesse se tornado senador. A corrida Milão-Sanremo foi dominada por seu querido rival, Fausto Coppi. A manchete da *La Gazzetta dello Sport* em 20 de março tinha um certo lirismo ecológico: "O último triunfo de Fausto Coppi ao chegar sozinho ao final florido e luminoso de San Remo".[37] Durante o Giro (vencido por Fiorenzo Magni), Fausto e Gino travaram uma batalha particular nas Dolomitas. A manchete do *La Gazzetta* em 5 de junho dizia: "A fuga espetacular de Fausto Coppi em Falzarego e Pordoi, cobertos de neve, depois de um duelo emocional com Gino Bartali".[38] Fausto venceu essa etapa, mas não foi para o Tour de France, que foi disputado novamente a partir de 1947. Os ciclistas italianos, agora livres de sua quarentena, foram autorizados a competir, mas Coppi teve uma recepção hostil. Ele já havia se retirado do Giro em protesto contra a ajuda que Magni havia recebido nas Dolomitas, e agora se recusava a participar do Tour como valete de Bartali. Gino lutou como um leão para liderar a equipe nacional e obteve sucesso. Tomando o trem de Milão para Paris, o velho leão estava convencido de que tinha uma grande oportunidade de rugir. Talvez pela última vez...

O Tour de 1948 (edição número 35 e a segunda do período pós-guerra) foi particularmente difícil. Dos 120 ciclistas que começaram em Paris em 30 de junho, apenas 44 chegaram à capital em 25 de julho. A corrida tinha 4.922 quilômetros de extensão em 21 etapas, incluindo aquelas nos Alpes, que seriam realizadas em condições climáticas difíceis. Naquela época o Tour de France era muito mais longo do que é agora. Em um sinal dos tempos e em um desejo de construir uma nova Europa, a corrida francesa atravessava a Itália, a Suíça e a Bélgica. A equipe francesa era dominada por dois personagens: Jean Robic, que havia vencido o Tour em 1947, e a nova grande esperança Louison Bobet, que mostraria suas formidáveis habilidades esportivas durante essa edição da corrida.

O Tour de 1948 pode ser considerado, sob dois pontos de vista, francês e italiano. Do ponto de vista francês, foi uma corrida muito difícil e bonita, mas foi um Tour como muitos outros. Para os italianos, tratou-se de um evento com consequências políticas e sociais extraordinárias (e benéficas). Em essência, ainda era uma corrida de bicicleta, mas que pode ser vista de duas maneiras diferentes, não contraditórias, e a perspectiva italiana é enfatizada aqui: para a Itália, esse Tour de France foi muito mais um evento histórico do que esportivo.

Para a Itália, o ponto de virada no Tour de France ocorreu em 14 de julho de 1948, um dia de descanso. Os ciclistas estavam todos descansando tranquilamente em seus hotéis, em homenagem ao feriado nacional francês, o Dia da Bastilha. Naquele mesmo dia, a Itália não estava nada pacífica. O país explodiu. Em Roma, Palmiro Togliatti, o habilidoso e pragmático secretário-geral do Partido Comunista Italiano (PCI), estava saindo do Palácio Montecitorio (sede da Câmara dos Deputados) com sua jovem amiga, a senadora Nilde Jotti, quando um certo Antonio Pallante, neofascista, disparou três vezes contra ele. Togliatti foi gravemente ferido, mas sobreviveu. Eram 11h30 da manhã e a notícia abalou a Itália. Todos temiam o pior. Para Togliatti e para o país. Uma greve geral foi declarada e algumas fábricas foram ocupadas. A raiva se transformou em protestos, que depois transbordaram e se transformaram em tumultos. Uma guerra civil era uma possibilidade real. Na esquerda, os fanáticos revolucionários, que haviam sido isolados e neutralizados por Togliatti, levantaram a cabeça e se prepararam para retirar as armas de seus sótãos. Na extrema direita, os neofascistas e monarquistas esperavam tirar proveito do caos. Os confrontos entre os manifestantes e a polícia foram sangrentos: quatorze pessoas foram mortas somente naquele dia e outras dezesseis nos dois dias seguintes. Ao todo, cerca de oitocentas pessoas ficaram feridas em todo o país. Armas de fogo foram usadas por ambos os lados, e a polícia não conseguiu lidar com a situação gerando a mobilização do exército para uma intervenção em massa. Os líderes do PCI, por sua vez, estavam muito preocupados com os riscos de as manifestações saírem do controle. Eles naturalmente apoiaram os protestos, criticando o governo e a polícia, mas queriam evitar que se transformassem em uma insurreição total.

Para o grupo de italianos no Tour, a atmosfera era pesada e tensa. Na noite de 14 de julho, Gino Bartali estava em Cannes com outros ciclistas quando recebeu um telefonema de um homem que ele conhecia bem. Um católico que era abertamente contra Mussolini e que agora era presidente do Conselho: De Gasperi. Embora o conteúdo real da conversa esteja entre a realidade e a lenda, diz-se que ele pediu a Bartali para fazer algo extraordinário a fim de desviar a atenção dos italianos que estavam prestes a cruzar a linha vermelha. Nessa hora, independentemente do pedido do chefe de governo, Bartali entendeu que seu país precisava dele se quisesse sonhar com um futuro pacífico. Os italianos precisavam pensar um pouco mais sobre o Tour e um pouco menos sobre a revolução. A bicicleta de Gino cruzaria o caminho da história mais uma vez. Pela segunda vez em cinco anos, o campeão de ciclismo assumiu uma responsabilidade que estava muito além dele. No entanto, enquanto em 1943-1944 ele havia agido em segredo, em 1948 Gino estava determinado a aparecer nas primeiras páginas da imprensa para atrair a atenção dos italianos e concentrar suas mentes no Tour. Bartali simplesmente precisava vencer o Tour de France! Ele precisava distrair seus compatriotas com um desempenho excepcional. E ele conseguiu.

Até mesmo as pessoas de esquerda entenderam o significado político de seu esforço esportivo. Não se tratava de minimizar a gravidade do ataque de 14 de julho, mas de desejar evitar que a democracia nascente caísse na armadilha de um caos sem futuro. Depois de uma cirurgia bem-sucedida, Togliatti pediu calma. O líder comunista – que adorava esportes e torcia pelo time de futebol Juventus – não se contentou em ficar a par da situação política em sua cama de hospital. Ele queria saber qual era a posição de Bartali no Tour. Era boa: durante três etapas consecutivas e decisivas, que entrariam para a história do Tour de France, Gino estava realizando o milagre pedido por De Gasperi. É fácil exagerar, e, mesmo sem a vitória de Gino no Tour, a Itália provavelmente teria evitado a catástrofe de uma insurgência revolucionária generalizada. Entretanto, a saída da crise poderia ter sido de fato mais difícil e mais pessoas poderiam ter sido feridas ou mortas nas ruas italianas. As façanhas de Bartali no Tour somaram-se aos efeitos benéficos dos relatórios médicos encorajadores de Palmiro Togliatti, ajudando assim a criar uma situação cada vez menos explosiva em todo o país.

Voltando à corrida propriamente dita, em 14 de julho a camisa amarela estava nos ombros de Louison Bobet. Bartali estava em oitavo lugar na classificação geral, 21 minutos e 28 segundos atrás do líder. Era uma diferença enorme. No dia 15, Gino partiu para o ataque durante a etapa de montanha (que incluía o Col d'Izoard) de Cannes a Briançon. Ele venceu a etapa e também subiu na classificação geral. Estava agora na segunda posição, e a diferença entre ele e Bobet era de apenas 1 minuto e 6 segundos. *La Gazzetta dello Sport* falou sobre "o retorno espetacular de Gino e as esperanças italianas". Em 16 de julho, na etapa de Briançon a Aix-les-Bains (incluindo o Galibier), Bartali venceu novamente e tomou a camisa amarela de Louison Bobet, não a perdendo mais até Paris. Após outro dia de descanso, a próxima etapa, de Aix-les-Bains a Lausanne, foi disputada em 18 de julho. Era o aniversário de Gino, que comemorou 34 anos com seu terceiro sucesso consecutivo nos Alpes e fortaleceu ainda mais sua posição na classificação geral. O Tour já estava garantido. Quando ele chegou a Paris, em 25 de julho, sua vantagem era de 26 minutos e 16 segundos sobre o líder Briek Schotte, da Bélgica, em segundo lugar, e 28 minutos e 48 segundos sobre Guy Lapébie, da França, em terceiro. Além de vencer o Tour, Gino também ganhou sete etapas e o prêmio de melhor escalador. O milagre se tornara realidade.

Em seu país, os italianos ainda não tinham televisão – as transmissões da RAI TV só começariam em 1.º de janeiro de 1954 – e, portanto, as imagens filmadas das notícias ficavam disponíveis nos cinemas, que geralmente lotavam. Um *cinegiornale* (noticiário) era disponibilizado aos espectadores logo antes do início do filme. Chamado *La Settimana Incom*, esse cinejornal semanal foi produzido e transmitido de 1946 a 1965. Ao apresentar as imagens da chegada do Tour a Paris, *La Settimana Incom* proclamava: "Gino, obrigado da Itália! Gino, você é ótimo!" A mesma edição do noticiário mostrou imagens do padre de Ponte a Ema, dom Bartolucci, lendo *La Gazzetta dello Sport* como se fosse o Evangelho. A mistura de esporte e religião (muito bartaliana) atingiu seu auge com o comentário de *La Settimana Incom* sobre a etapa de Biarritz a Lourdes, que Gino havia vencido uma semana antes do ataque a Togliatti: "É Bartali sozinho contra toda a França; mas a Virgem Maria o quer em primeiro lugar, no limiar de seu santuário!".

Quando a turnê terminou, a Virgem Maria não chamou Gino, mas De Gasperi chamou. Ele o parabenizou pela vitória e o agradeceu pelo que havia feito pela Itália. Bartali respondeu: "Eu só fiz o meu dever!". Muito mais tarde, ele sugeriria que na palavra "dever" havia de fato uma forma de responsabilidade cidadã. Ele diria na TV: "Eu só fiz meu trabalho. Eu me comportei como um ciclista. Mas, se tudo estivesse calmo na Itália, eu teria travado uma batalha mais tarde. Em outra etapa".

Até mesmo os franceses foram seduzidos por Gino e o aplaudiram calorosamente no final do Tour. Seu sucesso foi o da reconciliação franco-italiana. A página de ressentimentos e mal-entendidos após a guerra havia sido virada. A França estava em paz com a Itália, e a Itália estava em paz consigo mesma.

Uma das canções mais conhecidas de Paolo Conte[39] é dedicada a esse aspecto franco-italiano do desempenho de Bartali. Ela faz alusão à desconfiança francesa antes da turnê e ao desafio de Gino ao que restou de uma hostilidade um tanto anti-italiana. A França foi diretamente atingida pela agressão de Mussolini em 10 de junho de 1940, mas, ao querer participar do Tour de 1948 a todo custo e ao obter uma vitória tão preciosa, Bartali mostrou a existência de uma Itália que era realmente digna de respeito. Para Paolo Conte, a palavra "respeito" foi a verdadeira chave por trás da transformação de 1948. Ele fala sobre isso à sua maneira, no ritmo muito particular de sua música, enfatizando a frase: "E os franceses nos respeitam". Ele sorri da irritação dos franceses com o sucesso de Gino, mas acredita que esse caráter profundamente cativante do italiano triste, mas alegre, sabia como vencer os preconceitos das pessoas e banir qualquer lembrança ruim. Isso era verdade. À sua maneira, Bartali contribuiu de forma significativa para o renascimento da amizade franco-italiana. A famosa canção de Conte, que você pode ouvir a qualquer momento fazendo uma rápida busca na internet, inclui a seguinte letra:

Oh, quanta strada nei miei sandali
quanta ne avrà fatta Bartali!
Quel naso triste come una salita
quegli occhi allegri da italiano in gita

E i francesi ci rispettano
che le balle ancora gli girano!

Io sto qui e aspetto Bartali
scalpitando sui miei sandali!

Da quella curva spunterà
quel naso triste da italiano allegro!

(Oh, quantos caminhos já percorri com minhas sandálias
quantos Bartali já terá percorrido!
Aquele nariz triste como uma subida,
aqueles olhos alegres de um italiano passeando.

Gino, o Velhote

E os franceses nos respeitam,
mesmo que ainda não tenham superado!

Eu fico aqui esperando Bartali,
impaciente calçado nas minhas sandálias!

Naquela curva ele vai aparecer,
aquele nariz triste de um italiano alegre!)

Gino Bartali em sua volta de honra após vencer o Tour de France, em 25 de julho de 1948.

11

Gino e Fausto

Três duplas emblemáticas e muito comentadas se afirmaram na Itália entre os anos de 1940 e 1950. Esses três pares, reais ou imaginários, dividiram e uniram a população italiana. Eles a dividiram porque os personagens em questão travavam uma luta quase perpétua um com o outro. Desde os dias dos guelfos e gibelinos[40] (e até mesmo antes), os italianos adoravam e adoram lutar uns contra os outros. É um esporte nacional, quase como o ciclismo, que na época de Bartali era mais popular do que o futebol. Mas o paradoxo é que esses três pares de "queridos inimigos" às vezes (embora nem sempre) conseguiam chegar a um acordo e unir o povo da encantadora península que mergulha no Mediterrâneo.

A primeira dessas três duplas era formada pelos políticos Alcide De Gasperi e Palmiro Togliatti (democrata-cristão e comunista, respectivamente), que estavam impulsionando seu país, mesmo que dificilmente pudessem ser mais diferentes um do outro. Trentino De Gasperi, nascido na Áustria em 1881 e eleito para o Parlamento de Viena em 1911, passou os anos mais difíceis do fascismo atrás dos muros do Vaticano. Seus valores sólidos significavam que ele era capaz de dizer "não" a qualquer um. Até mesmo ao papa. Em 1952, às vésperas da importantíssima eleição para renovar o governo de Roma, a possibilidade de uma vitória da coalizão social-comunista era real. O Papa Pio XII estava disposto a fazer qualquer coisa para evitar que isso acontecesse, inclusive uma aliança entre católicos, monarquistas e neofascistas. O católico convicto De Gasperi se recusou, e, embora o papa insistisse, De Gasperi não mudou de ideia. É melhor perder uma eleição do que perder sua alma. O resultado? Ele manteve sua alma e venceu a eleição. Ele estava certo, mas Pio XII achou difícil aceitar o fato e, pior ainda, vingou-se. Em seu trigésimo aniversário de casamento, De Gasperi, cuja filha Lucia acabara de entrar no convento, pediu ao papa uma audiência particular e uma bênção para sua família. Dessa vez, foi a vez de o papa dizer "não".

Nascido em Gênova em 1893, Palmiro Togliatti passou seus anos de exílio em Moscou, onde conviveu com Stalin, um homem com um caráter completamente diferente: quando alguém lhe dizia "não", ele não perdia tempo recusando-se a dar uma bênção como forma de vingança, mas ia direto para a maldição – sem economizar nas balas. Ao voltar para a Itália, Togliatti surpreendeu muita gente em abril de 1944 quando propôs um acordo muito amplo para garantir a transição democrática do país. Na Conferência de Ialta, a Itália teve sorte de estar localizada no Ocidente: os ex-exilados em Moscou estavam bem-posicionados para saber quão sortudos eram. Eles não diziam isso abertamente, é claro, mas sabiam disso perfeitamente bem. Alcide e Palmiro discutiam ferozmente no Parlamento, mas nunca foram desrespeitosos. Em certos assuntos, especialmente aqueles que eram muito sensíveis, eles até sabiam como encontrar pontos em comum. Togliatti sempre levantou a voz contra De Gasperi, mas deu a ele os votos (decisivos) dos deputados comunistas ao integrar os famosos acordos de Latrão – que deram ao catolicismo um papel muito especial na Itália – à Constituição italiana em 1929. Embora manter esse tratado mussoliniano significasse evitar o desmembramento do país, ele quase não entrou na Constituição devido à hostilidade dos socialistas e de outros partidos seculares. Consequentemente, Togliatti convocou o influente jornalista parlamentar Emilio Frattarelli ao seu escritório. Pediu-lhe que fosse até De Gasperi e lhe entregasse uma mensagem muito confidencial: Togliatti estava pronto para votar no Artigo 7 da futura Constituição italiana (a Concordata definida pelos acordos de Latrão), mas queria declarar isso ao Parlamento antes que De Gasperi o questionasse publicamente. Ele não queria dar a impressão de ter sido persuadido a fazer isso, e, portanto, o chefe do DC deveria deixá-lo falar primeiro. Togliatti entendia a importância da religião cristã para os trabalhadores italianos, mas batalhava para que sua atitude não se assemelhasse a um ato de fraqueza diante da pressão do Vaticano. O esperto Frattarelli passou a mensagem para De Gasperi, que, por sua vez, concordou em jogar o jogo. Além disso, para manter o Vaticano fora do esquema, ele informou ao papa que o artigo provavelmente seria rejeitado. Era melhor se preparar para o pior. Assim, o artigo 7 foi aprovado tanto pelo DC quanto pelo PCI. A mesma ideia da importância da religião para os trabalhadores italianos seria retomada no final de 1973 pelo líder comunista Enrico Berlinguer ao lançar seu projeto de "compromisso histórico" em uma série de artigos no *Rinascita*, o jornal semanal intelectual do PCI, fundado por Palmiro Togliatti.

A segunda dupla de "queridos inimigos" da nova Itália republicana era completa e maravilhosamente imaginária, e quase tão caricatural quanto possível. O mundo inteiro conhece Don Camillo e Peppone.[41] O tempo passa, mas eles ainda estão lá. No contexto da zona rural de Emilian, essa dupla deliciosamente louca representa tanto os católicos quanto os comunistas – ambos estritamente certificados e 100% orgânicos. Embora discutissem, estavam unidos quando se tratava de ajudar os camponeses de Brescello, ameaçados pela inundação do rio Pó, ou de ordenhar as vacas que estavam sofrendo por causa da greve dos trabalhadores agrícolas, determinados a fazer valer seus direitos contra os proprietários de terras que acreditavam poder fazer o que quisessem.

A terceira dupla dessa Itália esperançosa e problemática se encontrava no mundo da rivalidade esportiva, a meio caminho entre a ideologia e a *commedia dell'arte*. Trata-se, é claro, da "nossa" dupla, composta pelo católico Gino Bartali e pelo transgressor (que era frequentemente apresentado como pró-comunista, mesmo que não fosse o caso) Fausto Coppi. Um símbolo de tradição e de anticonformismo. O "velho" e o "jovem", o toscano e o piemontês. Eles eram filhos da mesma Itália rural, mas Bartali encarnava os valores da Itália camponesa, enquanto Coppi personificava o espírito de um país industrializado, rumo a novos horizontes. Bartali era o homem de família, enquanto a vida particular de Coppi ficou famosa após seu relacionamento com uma mulher casada, Giulia Occhini, conhecida em toda a Itália como "A Mulher de Branco". Bartali era um marido fiel a Adriana. Coppi, embora fosse casado, pagou um preço alto por amar a esposa de outro homem. Em 1955, Occhini lhe deu um filho, Faustino, depois de ser condenada a um mês de prisão domiciliar por "adultério". Antes do nascimento, Giulia Occhini partiu para Buenos Aires; ela queria dar à luz na Argentina, onde seu filho poderia ser registrado com o nome de Coppi. Por outro lado, se ele tivesse nascido na Itália, não poderia ter o nome do pai, pois havia sido concebido fora do casamento. Ao falar desse episódio em seu livro, *Gino Bartali, Mio Papà*, Andrea Bartali relembra outra controvérsia que ocorreu em relação à perseguição de Coppi como resultado de seu relacionamento com a "Mulher de Branco". No parlamento, um deputado fez oficialmente a pergunta: "Qual é a renda de um ciclista se ele pode pagar para que sua parceira dê à luz na Argentina?". O resultado desse questionamento foi uma auditoria fiscal sobre vários campeões de ciclismo, inclusive Bartali.

Assim como aconteceu com De Gasperi e Togliatti, e Don Camillo e Peppone, Gino e Fausto às vezes davam demonstrações inesperadas de solidariedade mútua. Uma fotografia permanecerá na história da Itália, provando que os rivais às vezes podem se dar bem. É uma imagem tão emblemática quanto enigmática. Gino e Fausto são vistos passando uma garrafa de água um para o outro durante a etapa montanhosa do Tour de France em 1952. Embora talvez não queiramos saber quem está passando para quem, nesse caso é Gino passando para Fausto, mas em outras ocasiões foi o contrário. Em momentos de necessidade, cada um dos dois inimigos/amigos podia ajudar o outro, mesmo que, dez minutos depois, eles aproveitassem o furo do rival e o deixassem para trás no Galibier, no Col d'Izoard ou no Passo Pordoi. Rivalidade, sim. Solidariedade, às vezes.

Esses momentos emblemáticos do relacionamento de Gino e Fausto são numerosos, começando com o Giro d'Italia de 1940, quando eles correram juntos na equipe Legnano. Coppi foi contratado para ajudar o piloto "número 1", Bartali. Mas um acidente causado por um cachorro e outros incidentes técnicos impediram Bartali de competir pela camisa rosa. Fausto estava bem posicionado e toda a equipe, inclusive Gino, apostou nele. Nas Dolomitas, a neve, o frio e um problema gástrico fizeram Fausto ter complicações. Ele sentia dores terríveis e chegou a querer desistir enquanto subia o Pordoi Pass. Gino o tratou como se fosse uma criança, misturando encorajamento com ameaças. Para forçá-lo a continuar, Bartali o lembrou de que ambos vinham de famílias de camponeses e que seus pais haviam feito sacrifícios para sustentar suas paixões esportivas. Chegou ao ponto de insultá-lo, acusando-o de não ter o que era necessário para ser um campeão. "Carregador de água!" (*Acquaiolo!*), ele gritou com veemência. "Você é um carregador de água, Coppi! Lembre-se disso. Apenas um carregador de água!" Não havia mais nada a fazer. Fausto parou e então Bartali o empurrou para a neve, pegando-a e colocando-a na cabeça de seu companheiro de equipe e na sua linda camisa rosa. Para Fausto, foi como um choque elétrico, e ele começou a pedalar novamente. Aos 20 anos, ele venceu seu primeiro Giro d'Italia antes de deixar a Legnano para se tornar o piloto "número 1" da equipe rival, Bianchi. A relação entre Gino e Fausto agora se transformava em rivalidade aberta, muitas vezes em benefício do esporte, mas às vezes às custas do orgulho nacional.

A página nefasta do relacionamento entre Gino e Fausto foi o campeonato mundial em Valkenburg, na Holanda, em 22 de agosto de 1948. Bartali tinha acabado de vencer o Tour de France e estava fisicamente em perfeitas condições. Ele agora queria a camisa arco-íris de campeão mundial. A Bianchi, a equipe de ciclismo de Coppi, não gostou da ideia de um novo triunfo internacional para o líder da Legano. Embora todos estivessem unidos sob a bandeira nacional, o ciúme começou a transbordar em Valkenburg. Dessa vez a rivalidade entre Bartali e Coppi, envenenada ainda mais pela hostilidade entre Legnano e Bianchi, provocou um desastre esportivo que causou grandes danos a todo o país, além de ferimentos nos muitos trabalhadores italianos que haviam chegado da Bélgica para acompanhar a corrida. Esses mineiros italianos haviam sido enviados à Bélgica com base em um acordo sobre o qual os dois governos hesitavam em falar, devido à natureza semiembaraçosa de seu conteúdo. O acordo em questão era o "Protocolo de Migração" de 1946 entre a Itália e a Bélgica, por meio do qual, em troca de entregas de carvão a um preço vantajoso, a Itália se comprometia a enviar 50 mil trabalhadores por ano (com no máximo 35 anos de idade) para a Bélgica. Esses homens substituiriam os mineiros belgas que relutavam em realizar essa atividade difícil e perigosa. Para esses homens, a viagem à Holanda era muito mais do que o mero fruto de uma paixão esportiva: aplaudir a vitória de Bartali ou Coppi significava que eles poderiam se vingar do destino. No entanto, Bartali e Coppi perderam porque entraram em guerra, com um neutralizando o outro. "Tínhamos medo um do outro, talvez também de nossas sombras!",[42] disse Gino sobre esse momento em particular. Os dois pilotos nem chegaram ao final da corrida e se retiraram pouco antes da linha de chegada, com o belga Alberic Schotte se tornando campeão mundial. Os imigrantes italianos vieram assistir à corrida e mostrar aos belgas seu orgulho nacional, e assim os mineiros assobiaram profusamente para os homens que os haviam decepcionado. Com o passar dos anos, os italianos não tentaram esquecer a decepção de Valkenburg, como comemoraram esse triste episódio exibindo as fotografias em suas salas de estar, para nunca se esquecerem dos riscos que as pessoas correm quando se destroem além de todo o bom senso. A mensagem de Valkenburg vai muito além do ciclismo.

Bartali e Coppi vieram de famílias de camponeses. Ambos começaram a trabalhar quando eram pouco mais que crianças e viveram os terríveis anos da guerra. Coppi foi prisioneiro dos ingleses no norte da África de abril de 1943 a fevereiro de 1945, quando foi trazido de volta a Nápoles e finalmente libertado. Gino e Fausto entraram para a história do esporte, dominando o mundo do ciclismo internacional nos anos seguintes ao fim da Segunda Guerra Mundial. Fausto venceu o Tour de France em 1949, com Gino terminando em segundo e Jacques Marinelli (passaporte francês, mas de origem italiana) em terceiro, e venceu novamente em 1952. Gino venceu o Giro d'Italia três vezes (1936, 1937 e 1946) e Fausto cinco vezes (1940, 1947, 1949, 1952 e 1953). Fausto terminou em segundo lugar no Giro em 1946 e 1955; Gino em 1947, 1949 e 1950, provando que essa dupla tem uma importância extraordinária na história do ciclismo mundial.

Em 1950, toda a Itália aguardava o último episódio do duelo entre Gino e Fausto, e em 4 de junho a capa do popular semanário ilustrado *La Domenica del Corriere* mostrava um desenho dos dois supercampeões em primeiro plano, com os outros favoritos da corrida atrás deles: Bevilacqua, Kubler, Magni e Robic. No entanto, no dia em que o jornal foi publicado, Coppi já havia desistido. Em 2 de junho, durante a etapa de Vicenza a Bolzano (a última etapa do Giro que Bartali venceu), Fausto sofreu um acidente e ficou gravemente ferido. Ao chegar a Roma (uma ocasião muito rara, pois a corrida geralmente termina em Milão), Gino estava em segundo lugar na classificação geral, atrás do suíço Hugo Koblet, o primeiro estrangeiro a vencer o Giro d'Italia. Ele pretendia se vingar durante o Tour de France, do qual Fausto obviamente não pôde participar.

No que diz respeito a Bartali, a história do Tour de France de 1950 acabou sendo muito difícil. Ainda pensando em seus próprios problemas, ele enviou uma mensagem muito dura para os *tifosi* (torcedores) em geral e para os *tifosi* franceses em particular. Era uma mensagem contra a violência. No entanto, ele fez isso sem Coppi, que não participou do Tour naquele ano. Nas estradas, Gino foi vítima do que ele considerava ser um ataque genuíno por parte dos *tifosi* franceses. Ele queria expressar sua indignação em alto e bom som, e o fez à sua maneira. Por meio da raiva. É claro que pessoas violentas, intolerantes e antidesportivas existem em todos os lugares, tanto na França quanto na Itália. E, é claro, elas são apenas uma pequena minoria dessa multidão entusiasmada e extraordinária que, na maioria dos casos, admira e aplaude os ciclistas. Mas, durante o Tour de France de 1950, alguns entusiastas atacaram os ciclistas italianos, especialmente Bartali, com uma agressividade particular. Depois de vencer o Tour em 1948 e 1949, os italianos também estavam em uma posição muito boa na edição de 1950, que poderia ter visto a primeira vitória de Fiorenzo Magni. Em 25 de julho de 1950, os ciclistas estavam nos Pirineus e a etapa de Pau a Saint-Gaudens foi vencida por Gino. Ao mesmo tempo, Fiorenzo Magni assumiu a camisa amarela. Em 26 de julho, o Tour escalou o Col d'Aspin. Lá, grupos de entusiastas atacaram Gino, que acreditavam ser o responsável pela queda do francês Jean Robic. Eles tentaram desestabilizá-lo e fazê-lo cair, provocando-o, sacudindo-o e jogando coisas nele. Apesar da resposta correta dos organizadores em relação ao que havia acontecido, Gino acreditava que o Tour deveria ser abandonado. Ele colocou seu prestígio e popularidade em risco ao persuadir todos os ciclistas italianos a abandonarem o Tour no final da décima segunda etapa (Saint-Gaudens a Perpignan), em 26 de julho de 1950. Consequentemente, Fiorenzo Magni perdeu a oportunidade de sua vida de vencer o Tour de France.

O Tour foi finalmente vencido por Fredi Kübler, o primeiro suíço a triunfar na corrida. Felizmente, em meio a tantas imagens mostrando Gino no limite, uma fotografia cheia de otimismo entraria para a história do Tour de France. Ela mostra o aperto de mão entre Gino e o grande ator americano Orson Welles, que deu o sinal para a largada da corrida no centro de Paris, entre o Palácio Real e o Louvre, em 13 de julho de 1950. Orson Welles aparece sorrindo e apertando a mão de Gino, que é visto vestindo uma camisa com as cores da Itália (nessa época, o Tour era organizado em torno de equipes nacionais), com o nome de sua equipe particular, criada por ele e que levava seu nome costurado.

As experiências desagradáveis do verão de 1950 não caíram bem no esporte italiano, e os historiadores do ciclismo sempre se perguntarão por que Gino foi tão inflexível em sua determinação de exigir a retirada dos italianos. De todos os italianos.

Gino, o Velhote, certamente sentiu o fardo em um momento muito particular no outono de 1953. No domingo, 18 de outubro, ele estava viajando para a Suíça de carro com amigos para participar de uma corrida em Lugano quando o carro deles foi violentamente atingido por outro veículo na Lombardia. No dia seguinte, a imprensa italiana publicou uma foto de Gino gravemente ferido em uma cama de hospital. Duas notícias dominaram a primeira página do diário romano *Il Messaggero*: "A incapacidade da comunidade internacional sobre o futuro de Trieste"; e "Gino Bartali sofreu um grave acidente de carro". Coppi foi visitá-lo no hospital e eles brincaram sobre o passado e o futuro. Em 1954, Gino estava de volta à sua bicicleta, mas era óbvio que não poderia continuar. Ele participou de quarenta corridas e venceu uma. Essa seria sua última vitória. Ele anunciou oficialmente sua aposentadoria em 9 de fevereiro de 1955, aos 40 anos. Fausto, no entanto, nunca anunciaria oficialmente sua aposentadoria.

O relacionamento muito complicado entre Gino e Fausto incluía duas tragédias familiares paralelas. Como já vimos, em junho de 1936 Gino perdeu seu irmão mais novo, Giulio, que também era ciclista, em um acidente de trânsito durante uma corrida. Serse Coppi, irmão mais novo de Fausto e o mais leal entre os outros ciclistas de sua equipe (Bianchi), também morreu em junho de 1951 após um acidente durante o Giro del Piemonte. Embora parecesse trivial em um primeiro momento, o acidente acabou sendo letal. Durante o *sprint* final da corrida, nos arredores de Turim, a roda de sua bicicleta ficou presa nos trilhos do bonde, fazendo-o cair e bater a cabeça violentamente contra o chão. No entanto, ele conseguiu se levantar e sentar novamente na bicicleta. Aparentemente não houve nenhum dano grave e, na linha de chegada, ele conversou com Bartali, que o achou "muito mais falante, aberto e extrovertido do que seu irmão Fausto". Mais tarde, porém, ele perdeu a consciência e morreu. Ele tinha 28 anos. Giulio Bartali havia morrido aos 19 anos. Assim como Gino havia feito em 1936, no dia seguinte à morte de Giulio, em 1951 Fausto Coppi também pretendia abandonar o esporte após a morte de seu irmão. Os campeões carregavam um insuportável sentimento de culpa pela morte de seus respectivos irmãos mais novos, que tanto os amavam e apreciavam, e que sonhavam em imitá-los ou simplesmente ajudá-los pedalando ao lado deles.

A diferença entre Gino e Fausto veio de sua rivalidade esportiva, mas também de seus personagens. Curzio Malaparte escreveu:

"Se Bartali irradiava calor humano, Coppi irradiava um sentimento de profunda solidão" (*Coppi e Bartali*, 2007). Gino resumiu a situação dizendo:

> "Sempre houve a seguinte diferença entre mim e Coppi: eu tinha um caráter fechado e selvagem, mas sempre me mantive forte e meu moral nunca caiu abaixo dos imprevistos. Por outro lado, Fausto, embora dotado de todas as características de um grande campeão, deixava-se levar um pouco; alguns segundos perdidos em uma corrida eram suficientes para abalar e destruir seu moral".

Bartali falava sobre seu próprio caráter usando a expressão "fechado e selvagem", enquanto definia o de Fausto Coppi como "fechado e tímido". Os dois, portanto, tinham duas maneiras opostas de serem "fechados", ou seja, focados em seu trabalho. Gino era "selvagem", fechado, explosivo, uma personificação da tautologia "aberto-fechado". Já Fausto tendia a se fechar, como se quisesse se proteger do mundo exterior. Gino falava muito prontamente, às vezes com vontade demais, enquanto Fausto ficava envergonhado na frente dos microfones.

Seus *tifosi* os amavam exatamente como eram, com uma paixão genuína. Na década de 1950, a Itália estava dividida em duas facções: Os *tifosi* de Gino e os de Fausto, os "bartaliani" e os "coppiani". Não era possível ser italiano sem se juntar a uma ou outra dessas "paróquias". A ideia do Bartali "tradicional" e do Coppi "transgressor" tornou-se um estereótipo. Uma simples lembrança pode ser suficiente para nos encontrarmos "perdidos" em um ou outro grupo, o dos *coppiani* ou o dos *bartaliani*. Maria encontrou o amor no dia da vitória de *Ginettaccio* no final de Pau-Lourdes; Marco pegou sua balsa na manhã em que Coppi (apelidado de *l'airone*, a garça) estava em um voo solitário no Galibier. O mais importante era a lealdade. Uma vez que fosse *bartaliani* ou *coppiani*, você permaneceria assim. Eles eram militantes e brigavam com membros do partido rival. As famílias se dividiam, mesmo durante a ceia de Natal. As celebridades não demoraram a mostrar suas afinidades. O jornalista esportivo Gianni Brera era um coppiano. Um dos líderes comunistas, Giancarlo Pajetta, era um bartaliano, assim como Domenico Modugno, o compositor da música "Volare".

A paixão dos *bartaliani* e *coppiani* também encontrou seu caminho na magia da telinha. Em 1959, a emissora nacional, RAI, tinha apenas um canal de televisão e seus programas eram muitos populares. Em meio a um "milagre econômico", a população italiana se reunia aos sábados à noite em bares e apartamentos de amigos equipados com televisão para assistir ao programa *Il Musichiere*, apresentado pelo famoso (e muito amado) Mario Riva. O programa começava com as notas suaves da música *"Domenica è sempre domenica"* ("Domingo é sempre domingo"). Bartali e Coppi foram convidados e aproveitaram a popularidade de serem irmãos-inimigos para se exibir diante de um público que adorava vê-los juntos. O povo italiano era ávido por nostalgia, tão bem servida pela "maravilhosa" tecnologia da televisão. Naquela época, Bartali e Coppi estavam gravando comerciais juntos para os cubos de caldo Arrigoni. O clichê da disputa e da reconciliação era sempre o mesmo. Eles se desentendiam quando falavam sobre as antigas corridas, quando Bartali, ao provar o caldo, declarava que o achava delicioso, ao que Coppi respondia: "Se você gosta, então deve ser nojento! No final, eles obviamente concordavam com a qualidade do caldo e o *slogan* declarava: "Caldo para campeões com cubos Arrigoni!".[43] Caldo de primeira classe e lembranças semelhantes.

Em *Il Musichiere*, de Mario Riva, nossos heróis fizeram muito mais do que apenas esquentar o velho caldo de sua proverbial rivalidade e sua recém-descoberta paz. Eles responderam à pergunta: "Quem é o maior campeão de ciclismo?". Bartali foi o primeiro. "É Coppi", disse ele, enquanto o último, é claro, disse que era Bartali. Quando assistido hoje (o que pode ser feito graças à internet), o show inspira ternura e emoção e parece maravilhosamente ingênuo. O Homem de Ferro e a Garça falaram e cantaram, dando a impressão de estarem representando um papel bem preparado, enquanto seu constrangimento um tanto teatral revelava a simplicidade de serem homens do povo. Os dois homens, com 45 e 40 anos, são completamente autênticos, sem a necessidade de se apresentar.

Um momento inesquecível, o clímax do show de 1959, foi quando eles começaram um dueto da famosa canção (italiana) *Come pioveva!* (Estava chovendo muito), baseada em supostas polêmicas de sua antiga rivalidade. Bartali cantou "nos Alpes cobertos de neve, os desafios que enfrentamos". E Coppi respondeu: "Sim, mas foi você quem perdeu!". Os italianos sentados diante de seus aparelhos de televisão ficaram emocionados. Era como se quase pudessem tocar os seus ídolos: "Que maravilha é essa caixa mágica em preto e branco! Ela vai mudar o mundo, acredite em mim!". "Você tem razão, meu caro sr. Rossi! Vou fazer um empréstimo para comprar uma; depois farei outro para o *Seicento!*".

Durante sua participação no programa *Il Musichiere*, os dois campeões falaram sobre o Tour de France e as ocasiões em que se ajudaram mutuamente. Bartali cantou: "Você se lembra do dia em que esperei por você em Saint-Malo?". Isso se refere a um incidente ocorrido em julho de 1949, logo após a controvérsia de Valkenburg, quando a equipe italiana (com o ex-corredor Alfredo Binda como diretor técnico) participou do Tour de France. Gino e Fausto haviam prometido ajudar um ao outro e, em 4 de julho, durante a quinta etapa (Rouen a Saint-Malo), Coppi foi vítima de um acidente. Desmoralizado, ele queria desistir, mas Bartali e os outros o esperaram e o ajudaram a continuar na corrida, mesmo que isso significasse que ele agora estava quase 37 minutos atrás do líder, Jacques

Marinelli, na classificação geral. Ele começou a subir no ranking durante a fase de contrarrelógio e continuou a fazê-lo nos Pireneus. Nos Alpes, Gino e Fausto estavam em oitavo e nono lugares, respectivamente, enquanto a camisa amarela estava agora nos ombros de seu companheiro de equipe, Fiorenzo Magni.

O Tour continuou em etapas difíceis, de Cannes a Briançon, e de Briançon a Aosta. Em 18 de julho, Gino e Fausto dominaram a primeira dessas etapas, com apenas um vazio atrás deles, ou quase. O pneu de Gino furou na descida em direção a Briançon, mas Fausto esperou para ajudá-lo, e Gino venceu a etapa e tomou a camisa amarela de Magni. Foi uma ótima maneira de comemorar seu trigésimo quinto aniversário. Em 19 de julho, a etapa terminou na Itália e todos os jornalistas italianos discutiram o comportamento cavalheiresco dos dois campeões. Como no dia anterior, os dois se envolveram em uma fuga no Petit-Saint-Bernard. Mais uma vez, Gino teve um pneu furado durante a descida e Fausto ficou esperando por ele. Valkenburg agora não passava de uma lembrança ruim. Infelizmente, para Gino, a era de recriminações ainda não havia terminado, pois ele caiu logo após o furo. Coppi estava esperando por Gino novamente quando um motociclista da rede de rádio RAI, enviado pelo diretor da equipe italiana Alfredo Binda, parou para dizer a ele que esquecesse o colega e partisse sozinho para a vitória da etapa e a camisa amarela. Coppi fez o que lhe foi pedido e pegou a camisa de Bartali, que ficaria com ele até Paris. Gino se sentiu traído, mas por Binda, não por Fausto.

Relembrar essa história dez anos depois, como uma piada durante um programa de TV, foi uma maneira de todos (Gino e Fausto, bem como os *bartaliani* e os *coppiani*) encerrarem o livro em brigas antigas. Foi muito mais do que um show. Tratava-se de resiliência, e ainda não havia terminado. Ainda cantando, Gino e Fausto abordaram outro episódio muito polêmico, quando Coppi lembrou a Bartali que uma vez ele o "empurrou no Col d'Aspen". Imediatamente depois, ele o chamou de "meu comandante", como havia feito em 1940, no início de sua carreira de piloto profissional, antes de ir para a equipe Bianchi e ficar a "serviço" de Gino na equipe Legnano.

Com roteiros cuidadosamente preparados pelos redatores do canal, a dupla musical terminou com letras cantadas em uníssono. Como um homem só, Gino e Fausto cantaram:

> Éramos rivais, mas amigáveis
> Éramos inimigos, mas sempre leais
> A hostilidade que nos dividia
> Como era! Como era!

O *"come pioveva!"* da famosa canção se tornou "Foi assim que aconteceu". O atrito entre Gino e Fausto (muitas vezes leal, outras vezes nem tanto) agradou muito aos italianos. Eles os divertiram, os representaram, os tranquilizaram e os uniram, um pouco como Alcide e Palmiro e Don Camillo e Peppone. Obrigado a ambos.

Gino Bartali e Orson Welles em conversa durante o Tour de France de 1950.

12

"Estou sempre correndo atrás de alguma coisa!"

Na época do *Il Musichiere* em 1959, Gino Bartali e Fausto Coppi eram amigos de verdade com muitos projetos em comum, incluindo uma equipe esportiva, comentários sobre corridas para a mídia, participação em programas de televisão e um pouco de publicidade de vários produtos diferentes. Gino estava cheio de ideias que promoveria com Fausto e certamente havia o suficiente para levantar uma taça (espumante, graças às bolhas de seu conteúdo: água mineral San Pellegrino). Eles formavam uma equipe dinâmica. Bartali, agora um gerente esportivo, e Coppi, ainda em sua bicicleta. Juntos novamente como estavam em 1940. Unidos pelo desejo de encontrar um novo Gino e um novo Fausto entre os jovens ciclistas europeus, a nova equipe de ciclismo da San Pellegrino pretendia ser um viveiro de talentos. De agora em diante, a equipe de Bartali e Coppi seria um lugar para sonhos e novas ideias. Saúde!

Em 10 de dezembro de 1959, Fausto partiu para uma viagem de trabalho na África por alguns dias. Além de participar de exibições esportivas em Ouagadougou, na época chamada de Alto Volta (futura Burkina Faso), um grupo de campeões de ciclismo, incluindo Jacques

Anquetil e Raphaël Géminiani, também teve a oportunidade de fazer um safári. Coppi adorava caçar. Gino era seu amigo e também seu diretor esportivo, e, quando Fausto lhe contou sobre a viagem e pediu seu consentimento para ir, Gino não o decepcionou. Coppi ficou feliz e partiu para a última aventura de sua carreira e de sua vida. De volta à sua terra natal, Géminiani e Coppi começaram a sofrer desconfortos crescentes, incluindo tremores e febres muito altas. Após o fracasso dos tratamentos iniciais, Géminiani foi atendido por um especialista em medicina tropical (ou "medicina colonial", como era conhecida na França na época), que, após uma análise de sangue realizada pelo Instituto Pasteur, finalmente diagnosticou o problema. O ciclista francês havia contraído malária e seus dias estavam contados, a menos que ele ingerisse doses maciças de quinino imediatamente. Na Itália, Coppi apresentava exatamente os mesmos sintomas de Géminiani e, por isso, a família deste último entrou em contato com os médicos do ciclista italiano. Infelizmente eles ignoraram a informação e persistiram em um diagnóstico errado e, consequentemente, em seu tratamento. Isso foi bastante estranho, pois os italianos conhecem muito bem a malária, já que a praga há muito tempo assola o país, onde as áreas pantanosas – o lar natural dos mosquitos – são numerosas, de norte a sul e passando pela Maremma toscana. Os italianos conheciam a malária tão bem que, desde o final do século XIX, o quinino era produzido diretamente pelo país e vendido a preços baixos não apenas nas farmácias, mas também nas tabacarias. Mas os médicos de Coppi não estavam pensando em malária e quinino. Assim, as duas vítimas da mesma doença receberam tratamentos completamente diferentes. Géminiani sobreviveu, mas Coppi morreu em 2 de janeiro de 1960 no hospital de Tortona, Piemonte. Ele foi vítima da malária e de seus médicos, um coquetel muito perigoso de incompetência e presunção.

A morte de Fausto deixou Gino sem seu antigo rival, que desde então havia se tornado um verdadeiro amigo. Eles eram quase irmãos um do outro, mas agora um deles havia partido. Para Gino, era uma oportunidade de revisitar seu passado e talvez até se sentir tentado a falar sobre algo que não fosse esporte. Teria chegado o momento de contar ao público em geral sobre suas experiências durante a guerra? A resposta foi não, e ele preferiu continuar como antes, com sua fé, sua família e seu segredo, que guardaria por mais vinte anos, até que outra pessoa entrou em cena e começaram a circular informações em vários países sobre a "rede de duas religiões".

Em 1978, começou-se a falar nos Estados Unidos sobre o resgate de judeus italianos durante a guerra. Em Nova York, o livro *The Assisi Underground: The Priests Who Rescued Jews* [O subterrâneo de Assis: os sacerdotes que resgatavam judeus] foi publicado pelo escritor e diretor Alexander Ramati, cujo nome verdadeiro era David Solomonovich Grinberg. O autor optou por destacar o trabalho do padre Rufino Niccacci, que alegou ter conhecido Bartali durante a guerra, quando era o padre guardião do mosteiro de São Damião, em Assis. Niccacci e Ramati se conheceram em 1944, após a libertação da Úmbria, antes de se reencontrarem em Israel em 1974, quando o primeiro estava vindo de Assis em uma peregrinação ao Santo Sepulcro e o segundo, de Hollywood, para uma conferência na universidade. Sua amizade, que havia começado em Assis, foi retomada em Jerusalém. Rufino Niccacci morreu em 1976, dois anos antes do lançamento do livro de Ramati, no qual ele era o protagonista. A obra, traduzida para o italiano três anos depois, ofereceu a Gino uma nova oportunidade de falar sobre uma história na qual ele desempenhara um papel. Suas ações em Assis como mensageiro portador de documentos falsos estavam entre as lembranças do padre Rufino, assim como as das irmãs clarissas do convento de San-Quirico. Não era uma questão de buscar glória pessoal, mas simplesmente de fazer uma contribuição para a reconstrução da história desse período conturbado. Mas não havia nada a ser dito.

No que diz respeito à história de Gino, entretanto, existiam duas exceções: sua família e o rabino Nathan Cassuto. No primeiro caso, havia o testemunho de seu filho, Andrea, enquanto no segundo a história (repetida muito mais tarde pelo Yad Vashem) de Sara Corcos Di Gioacchino, irmã de Anna Cassuto Di Gioacchino. Anna havia sido presa em Florença em dezembro de 1943 e deportada em janeiro de 1944, juntamente com seu marido, Nathan Cassuto. Documentos apresentados ao Yad Vashem mostram que Bartali inicialmente recusou o pedido de Sara Corcos para uma reunião sobre suas ações durante a guerra. No entanto, depois de saber que ela era membro da família de Nathan Cassuto, Gino ficou emocionado e concordou em falar em particular, mas sem que nada fosse gravado. Bartali obviamente sempre teve um grande respeito e admiração pelo rabino Nathan Cassuto, uma figura-chave na "rede de duas religiões".

Consequentemente, com exceção dessas situações excepcionais, Gino sempre foi fiel às suas próprias regras de manter o silêncio. Após o lançamento da edição italiana do livro de Ramati, em 1981, Gino acreditava que qualquer testemunho seu poderia ser considerado uma exibição. Falou muito sobre vários assuntos, mas permaneceu em silêncio sobre a ajuda que dava aos perseguidos. Foi Ramati, portanto, quem ajudou a divulgar um capítulo muito significativo da Segunda Guerra Mundial, tamanho o mérito de seu trabalho.

Alexander Ramati, judeu polonês, nasceu em 1921 em Brest-Litovsk, no território da atual Bielorrússia. Em 17 de junho de 1944, o dia em que Assis foi libertada, ele fazia parte do 8.º Exército Britânico do General Montgomery quando entraram em Assis: a cidade de São Francisco, do bispo Nicolini, de seu braço direito, o padre Brunacci, e do dinâmico irmão Niccacci. O jovem soldado polonês leu uma faixa que expressava o desejo de enterrar de vez todo o racismo. Para um judeu polonês como ele, foi maravilhoso ver isso. Ramati queria conhecer os protagonistas da rede clandestina que salvara a vida de mais de trezentos judeus (principalmente, mas não somente, italianos) apenas em Assis, escondendo-os em mosteiros. Em junho de 1944, Ramati descobriu a determinação demonstrada pelo bispo e seus colaboradores, bem como a coragem dos impressores Luigi e Trento Brizi (que fizeram os documentos de identidade falsos), de Giuseppina Biviglia, abadessa do Convento das Clarissas de San Quirico, e de Ermella Brandi, madre superiora do convento das irmãs estigmatinas. Em 2013, esses nomes – cinco monges e freiras e os dois impressores – foram acrescentados à lista dos "Justos" no Memorial Yad Vashem, juntamente com o de Gino Bartali.

Em Assis, em 1944, Ramati descobriu a extraordinária história de como uma pequena cidade de 4.500 habitantes abrigou 4 mil refugiados, incluindo centenas de judeus vítimas de discriminação racial. O milagre de Assis foi o resultado da atmosfera especial criada à sombra da Basílica de São Francisco. "Durante esse período da guerra, Assis estava em uma situação muito particular, caracterizada pela vontade e coragem de vários personagens, apesar de estarem em lados opostos, incluindo o chefe das forças militares alemãs, coronel Valentin Müller, e o *podestà* (prefeito) fascista Arnaldo Fortini", diz a jornalista Marina Rosati, que criou o Museu da Memória nessa cidade da Úmbria. Müller, o comandante das tropas alemãs que ocupavam a cidade, era um médico bávaro. Católico devoto, ele assistia à missa todas as manhãs na Basílica de São Francisco e mantinha um relacionamento cordial com o bispo Nicolini, o cérebro por trás do plano de resgate dos judeus. Müller poderia muito bem saber muito mais do que deixou transparecer, mas fez o possível para não saber demais, preferindo fazer vista grossa. Diz-se até que ele resgatou diretamente algumas pessoas que outros alemães queriam deportar ou executar. Müller foi o principal responsável pela organização de uma rede médica da Wehrmacht em Assis, localizada em instituições religiosas que foram disponibilizadas pelo bispo. Havia dezenas de conventos e mosteiros na cidade, e, enquanto alguns eram usados para abrigar as administrações, outros tratavam soldados alemães feridos. A cidade inteira se tornou um grande hospital e um centro de ajuda a todos os tipos de refugiados. Os americanos estavam cientes da situação e, na ausência de objetivos estratégicos fundamentais, evitaram cuidadosamente qualquer bombardeio ou ataque aéreo. Em agosto de 1944, após a terrível batalha de Monte Cassino, os alemães foram forçados a deixar Assis antes que os Aliados avançassem mais. O coronel Müller estava determinado a evitar que os soldados alemães em retirada se vingassem da população civil, bem como do imenso patrimônio artístico da cidade, que inclui, entre outras coisas, os famosos afrescos de Giotto na Basílica de São Francisco. O chefe das forças alemãs vigiava pessoalmente os locais sensíveis para evitar atos de ódio e vandalismo. A cidade de Assis, que Gino Bartali havia visitado várias vezes, era, portanto, um microcosmo de bom senso em meio a um mundo violento. Uma bandeira para o "poder do bem", que traz à mente o livro de Marek Halter, publicado por Robert Laffont em 1995 e que leva o mesmo título *La Force du Bien*. Como diz o autor, todos devem saber que, "em tempos dominados por covardes e assassinos, houve indivíduos que permitiram que muitas pessoas não se desesperassem. Foi a humanidade destes homens e mulheres, que não hesitaram em arriscar a morte para salvar vidas".

No início da década de 1980, os Estados Unidos estavam sensíveis à história do livro *The Assisi Underground: The Priests Who Rescued Jews*, e a história do povo da Úmbria e da Toscana chegou à Casa Branca. Em 11 de abril de 1983, o presidente americano Ronald Reagan estava discursando para judeus que tinham sobrevivido à perseguição nazista e fascista e disse: "A pitoresca cidade de Assis, na Itália, abrigou e protegeu trezentos judeus. O padre Rufino Niccacci organizou o esforço, escondendo as pessoas em seu mosteiro e nas casas dos paroquianos". Assim, Assis obteve uma consagração adicional e foi reconhecida mais do que nunca como um emblema global de coragem e boa vontade.

Em seguida, Ramati passou do livro para o filme, em 1984. *Assisi Underground* foi lançado no ano seguinte e transmitido para o público italiano pela RAI. O personagem de Gino Bartali é visto chegando de bicicleta a um mosteiro em Assis, trazendo as fotografias necessárias para os documentos de identidade falsos, que ele mesmo contrabandearia para Florença, escondendo-os em sua bicicleta. Os italianos logo começaram a entender a importância das redes secretas de ajuda aos judeus durante a Segunda Guerra Mundial, e Bartali não podia mais fingir que nada havia acontecido. No entanto, ele reagiu mantendo-se fiel ao seu bom e velho caráter rabugento. Como as pessoas podiam falar sobre ele sem consultá-lo? Era inacreditável! Ele estava furioso, exatamente como o estereotipado *"Tuscanaccio"*, o homem toscano que não se importava com a diplomacia ou meias medidas. Costuma-se dizer que, na Toscana, as pessoas começam com insultos e só depois passam ao diálogo. Gino fez ameaças: ele queria ser o único a falar sobre o próprio passado. Mas ele não tinha vontade de fazer isso e, portanto, continuou não fazendo. Mas, finalmente, percebeu que não havia nada de errado com o trabalho de Alexander Ramati, como romance e como testemunho e investigação. Havia imprecisões e até mesmo erros, mas o que contava era a história, e o resultado final era que Ramati prestou uma homenagem a uma cidade e a um povo que a mereciam. Resignado a que outros falassem sobre sua história, Bartali preferiu não participar da avalanche de revelações que se seguiu à exibição do filme. O "Leão da Toscana", como Gino também foi apelidado pela imprensa italiana, continuou a se envolver com o ciclismo e a aparecer em programas leves de entretenimento.

Por exemplo, ele apareceu em um programa de televisão da RAI ao lado de Vittorio Gassman. O programa, *Il Mattatore* (O Matador), também era o título italiano de um filme estrelado por Gassman.

Bartali falou sobre corridas de ciclismo e interveio várias vezes sobre uma variedade de assuntos, repetindo incessantemente sua famosa frase conhecida por todos os italianos: *"È tutto sbagliato, è tutto da rifare!"* ("Está tudo errado, faça tudo de novo!"). É uma frase que revela seu caráter de dissidente, sempre pronto a questionar as coisas em nome de sua insaciável sede de justiça. Todas as noites, de 13 de janeiro a 18 de abril de 1992, Bartali participou do satírico *Striscia la Notizia* [Espalhe a notícia], uma paródia do noticiário diário, transmitido pelo canal privado Canale 5. Este programa era fruto da imaginação de um executivo da TV italiana que, por acaso, tinha o mesmo nome (Antonio Ricci) do protagonista imaginário do filme *Ladrões de bicicleta*, citado no primeiro capítulo desta obra. Em sua nova função de "jornalista" de um falso programa de notícias satíricas, o verdadeiro Gino não parava de dizer sua frase favorita, segundo a qual é absolutamente necessário "fazer tudo de novo!". Palavras proféticas.

Enquanto Bartali repetia sua famosa frase na televisão, os magistrados de Milão estavam, na verdade, começando a fazer história com a investigação que ficaria com o infame nome de *Mani Pulite* (Mãos limpas). Na segunda-feira, 17 de fevereiro de 1992, um membro do Partido Socialista (Mario Chiesa, diretor do asilo para idosos em Milão) foi preso pelos *carabinieri* logo após receber um suborno. A política italiana foi abalada em seus alicerces. Outras revelações se seguiriam e, portanto, mesmo após a morte de Bartali, sua mensagem de "está tudo errado, faça tudo de novo!" permaneceria relevante para os italianos. Mas o legado de Bartali certamente não se resume a uma frase polêmica. Seu verdadeiro legado é sua mensagem de amor e determinação pelo trabalho, e é expresso por estas palavras do escritor Dino Buzzati: "Bartali era o símbolo vivo do esforço humano".

Gino morreu de ataque cardíaco em sua casa em Florença em 5 de maio de 2000. Ele passou seus últimos anos cercado pela família, sua esposa Adriana e seus três filhos, Andrea, Luigi e Bianca Maria, sempre muito próximos. Ele continuou a ter novas ideias e projetos até seus últimos dias, dizendo: "Estou sempre correndo atrás de alguma coisa!".[44] Era como se, mesmo no calor do ambiente familiar, a vida fosse sempre uma eterna perseguição para ele, mas, a partir de 5 de maio de 2000, agora eram os outros que deveriam persegui-lo.

Novas pesquisas e revelações fizeram com que, em abril de 2006, a República italiana, representada pelo presidente, Carlo Azeglio Ciampi, concedesse a Gino Bartali a Medalha de Ouro por Valor Civil, que foi entregue à sua esposa, Adriana. Por sua vez, os especialistas do Memorial Yad Vashem decidiram, em 2013, reconhecer oficialmente o papel de Gino Bartali durante a guerra, uma escolha que se encaixou perfeitamente na lógica do Memorial de Jerusalém. Como Gabriele Nissim observa em seu livro *Le Jardin des Justes* (O Jardim dos Justos), Moshe Bejski, o presidente de longa data da Comissão de Justos entre as Nações do Yad Vashem, estava procurando "pessoas em todo o mundo que arriscaram suas vidas para ajudar os judeus durante a perseguição nazista". De acordo com Nissim, Bejski "não estava interessado na pureza e perfeição dos seres humanos, não estava procurando heróis ou super-homens", mas queria "lembrar-se daqueles que, diante do mal extremo legitimado pela lei, tentaram salvar uma vida ao menos daqueles que simplesmente se comportaram como homens". Essa era sua definição de justo. Entre os que testemunharam ao Yad Vashem sobre as ações de Bartali em 1943-1944 estava Giorgio Goldenberg, cuja fotografia que Bartali lhe dedicou em 1941 está agora nos arquivos do Memorial. Ele foi forçado a mudar seu nome para Giorgio Goldini para torná-lo mais "italiano", mas em Israel era chamado de Shlomo Goldenberg-Paz, um nome ainda mais judeu do que o original. A documentação sobre Bartali no Yad Vashem inclui o resgate de judeus escondidos em sua casa em Florença (os Goldenberg e, por um período mais curto, seu primo Aurelio Klein, que depois partiu para a Suíça graças a documentos falsos), ajuda a famílias judias na Toscana (incluindo o testemunho de Giulia Donati

Baquis, que estava em Lido di Camaiore, onde Bartali entregou documentos de identidade falsos) e o trabalho de Gino como "mensageiro da liberdade" entre Florença e Assis. Renzo Ventura explicou aos historiadores do Yad Vashem que sua mãe, Marcella Frankenthal-Ventura, lhe contara que Bartali havia entregado documentos falsos para ela, seus pais e sua irmã em nome da rede de Elia Dalla Costa – o arcebispo de Florença. A conclusão do Yad Vashem foi clara: "Bartali, um mensageiro da Resistência, desempenhou um papel importante no resgate de judeus como parte da rede criada pelo rabino Nathan Cassuto, na qual Dalla Costa também estava envolvido".

Andrea Bartali, o filho mais velho de Gino, faleceu em 2017. Ele esteve envolvido no estudo e na promoção da vida esportiva e do trabalho de seu pai durante a Segunda Guerra Mundial por um longo tempo. Para destacar o vínculo de Gino com Assis e com a rede clandestina por trás dos documentos falsos, as filhas de Andrea, Gioia e Stella, ofereceram a pequena capela particular da casa florentina de seu avô ao Museu da Memória da cidade em 2018. Quando perguntado sobre o silêncio do pai em relação às suas atividades humanitárias em 1943-1944, Andrea respondeu com uma citação que seu pai lhe havia confiado:

"Quero ser lembrado por minhas conquistas esportivas e não como um herói de guerra. Os heróis são os outros, aqueles que sofreram no corpo, na mente e em seus entes queridos.
Eu só fiz o que eu fazia de melhor. Andar de bicicleta. O bem deve ser feito de forma discreta. Quando se fala sobre ele, perde seu valor, porque é como se a pessoa estivesse tentando desviar a atenção do sofrimento dos outros. São as medalhas que você pode pendurar em sua alma que contarão no Reino dos Céus, não nesta terra."[45]

"Estou sempre correndo atrás de alguma coisa!"

Essas palavras resumem perfeitamente Gino Bartali. O caráter atrevido e um tanto selvagem, a extrema generosidade, a solidariedade com os infortúnios dos outros e a fé em valores fundamentais. Sua fé era autêntica e sincera. Uma fé que talvez não tenha movido montanhas, mas certamente ajudou a escalá-las.

Posfácio

Entre as muitas alegrias de meu trabalho, tive o prazer de conhecer Gino Bartali e de poder conversar com ele longamente. Na primeira vez, intimidado, eu o irritei. Ele, por sua vez, foi brusco: "Não se esqueça de que no ciclismo não somos tão formais!". Foi ele quem quebrou o gelo, para o inferno com nossa diferença de idade de 31 anos. Gino já havia parado de correr, mas continuava no Giro: ou como colunista da *La Gazetta dello Sport*, com artigos sempre saborosos, ou como embaixador, talvez hoje se possa até dizer que ele estava representando uma marca comercial. Ele dirigia um conversível com o logotipo das roupas Vittadello ou das bicicletas Giordani, sempre usando um boné de ciclista e dirigindo com uma mão, a outra cumprimentando os fãs enquanto segurava o inevitável cigarro.

Que alegria, como eu disse. Como jornalista e ser humano. Jornalista porque várias vezes, inclusive quando discuti a etapa de Cannes a Briançon após o ataque de 1948 ao líder comunista Togliatti, obtive meus relatos sobre o evento com o próprio Gino. Ele era um homem honesto, mesmo nas pequenas coisas. Ele não era falso. Quando comecei essa jornada de descobertas, me senti como uma criança. O Tour de France de 1938? Meus pais só se conheceram dois anos depois. A criança estava esperando seu tio para lhe contar histórias. Histórias verdadeiras, não contos de fadas, de um mundo que já o fascinava por sua humanidade e pelo número de aventuras em que poderia embarcar. Gino impressionava e assustava os outros por causa de sua voz rouca, típica de um fumante regular. O problema também era resultado de uma aposta bizarra que havia feito quando era criança, aos 7 anos, na Toscana, quando foi enterrado na neve por seus companheiros de brincadeira e que disseram que seria apenas "por algumas horas". Quando pequeno, ele parecia frágil e era chamado de *Careggi*, em homenagem a um hospital em Florença. Quando Gino se tornou adulto, no entanto, ficou conhecido como o Homem de Ferro. Outro grande ciclista italiano, Alfredo Martini, que também era da Toscana, me disse certa vez que Bartali não era nem muito frio nem muito quente. Para Gino, as condições climáticas extremas eram quase uma alegria.

Naquele dia, em julho de 1948, quando ele participou da inesquecível etapa de Cannes a Briançon, a partida foi às 6 da manhã, ele acordou por volta das 4 horas para tomar café da manhã, fazer uma massagem rápida e se reunir com os outros membros da equipe. Estava chovendo. Bartali acendeu seu cigarro habitual, sem filtro, e foi falar com Louison Bobet, o dono da camisa amarela, e lhe disse: "Hoje um de nós não vai se divertir". Bobet já tinha a aparência de quem ia perder. Ele estava mais de 21 minutos à frente de Gino e acabaria perdendo 20 minutos até o final do dia. Sua derrota seria completa na próxima etapa. Bartali me contou que, em 14 de julho de 1948, passou um tempo na praia em Cannes com seus amigos para comemorar seu aniversário. Eles estavam bebendo vermute e comendo uma torta de frutas quando o dono do hotel chegou à praia dizendo: "Senhor Bartali, telefonema da Itália". Do outro lado da linha estava um dos conhecidos de Gino, Bartolo Paschetta, vice-presidente da Ação Católica, que o encaminhou ao primeiro-ministro De Gasperi. "Gino, você conseguiria vencer o Tour?".

"Não sei, Excelência. Mas provavelmente vencerei a etapa de amanhã, de Cannes a Briançon". "Muito bem", disse De Gasperi, "por favor, precisamos de boas notícias aqui na Itália."

Naquela época, havia conversas entre a comitiva da equipe italiana em Cannes sobre o ataque contra o secretário-geral do Partido Comunista. Os jornalistas italianos estavam organizando suas bagagens para voltar para casa e foram cumprimentar Bartali no final do dia 14 de julho, que era um dia de descanso para o Tour de France. Os ciclistas estavam ouvindo relatos muito alarmantes da Itália. Houve uma revolta, tiros foram disparados, trinta pessoas foram mortas, era uma revolução, uma guerra civil. Bartali tentou, sem sucesso, falar com sua esposa em Florença. O jantar no hotel parecia mais uma vigília fúnebre. Ninguém queria falar, pois a preocupação e a ansiedade pairavam no ar. Ele não desistiu de suas poucas taças de vinho tinto ou de seus cigarros. O médico havia sugerido que ele fumasse ocasionalmente para estimular seu coração, que batia em um ritmo incrivelmente lento, e Gino havia descoberto o gosto pelos cigarros. Na noite de 14 de julho de 1948, ele queria conversar com os outros ciclistas italianos. Ele disse muito poucas palavras: "Pessoal, amanhã pode ser nosso último dia no Tour de France. Talvez sejamos obrigados a voltar para casa. Portanto, amanhã precisamos realizar algo extraordinário".

Gino me contou tudo o que acontecera, no carro conversível, durante uma etapa do Giro d'Italia, e na época pude ver claramente sua enorme popularidade em todo o país. Popularidade genuína, não apenas pessoas em busca de autógrafos. Todos sonhavam receber uma fotografia sua. Bartali sempre tinha algumas coloridas com ele, pré-assinadas, e toda vez que o carro parava alguém falava com ele dizendo que o tinha visto correr um dia, ou que tinha lhe dado uma garrafa de água nas lendárias etapas do Passo della Scoffera ou na subida de Macerone. Outro lhe disse que conhecia seu mecânico, enquanto outro que havia cumprido o serviço militar na cidade natal de Gino, Florença. Todos tinham algo a lhe dizer. Tiramos nossas fotos juntos e depois fomos a um restaurante para tomar vinho tinto. A multidão ao redor do carro de Bartali me deu a impressão de uma procissão secular, com o ex-campeão no lugar do santo padroeiro. Entretanto, nunca contei a Gino sobre esse sentimento, pois tinha medo de ferir sua sensibilidade católica. Ainda me lembro da voz da multidão quando seu carro chegou durante uma etapa do Giro d'Italia: *"C'è Gino, sta arrivando Gino!"* ("Gino está aqui, Gino está chegando!"). As pessoas batiam palmas, as mulheres mandavam beijos. Um dia, durante uma etapa do Tour de France na década de 1930, ele se recusou a ser fotografado sozinho com Josephine Baker, dizendo: "Estou noivo".

Quando estávamos juntos para acompanhar o Giro d'Italia, ele me disse: "Veja bem, ganhei muito dinheiro durante minha carreira, mas nunca devemos esquecer que em nossa última mortalha não temos bolsos. Minha verdadeira riqueza é composta por aquelas mãos que apertaram as minhas, pela taça de vinho tinto que me ofereceram e pelo lugar à mesa que tantas famílias italianas me ofertaram". Quando voltou para casa no final da lendária turnê de 1948, ele não pensou muito em dinheiro. De Gasperi o convidou para ir a Roma para agradecê-lo por suas conquistas e disse: "Você nos deu um grande presente e merece um também. O que você quer?" A resposta de Bartali: "Excelência, eu gostaria de passar um ano sem pagar impostos". Giulio Andreotti, o jovem braço direito de De Gasperi, interveio dizendo: "Não, isso é impossível", e então Bartali decidiu: "Nesse caso, eu não quero nada."

Mesmo quando já estava velho, Bartali continuou sendo o Homem de Ferro. Lembro-me de uma noite no restaurante Osteria del Treno, em Milão, em 1993. Eu editara uma antologia de textos do famoso jornalista italiano Gianni Brera, que havia morrido recentemente, e convidei seus amigos esportistas e escritores para apresentar o livro. Entre os ex-atletas estava Gino, que tinha 79 anos à época. Sentados à sua mesa estavam Mario Fossati, um dos melhores escritores sobre ciclismo, Ottavio

Missoni e sua esposa, Rosita, e Fabio Capello e sua esposa, Laura. Todos eles eram personagens ligados ao esporte e se davam muito bem. Bartali falava quase continuamente, mas não por seu desejo de ser a estrela da noite, e sim porque os outros não paravam de lhe fazer perguntas. Sabendo que ele não era uma pessoa noturna, pedi ao meu amigo Carlo Pierelli, que havia dirigido carros durante inúmeras viagens pela Itália e pela França, para levá-lo de volta ao hotel mais ou menos à uma da manhã. Não adiantou. "Pessoal, se não conseguimos encontrar cartas para jogar, então vou dormir", disse Gino às 3h55. Todos nós fomos dormir, exaustos. Ele estava tão fresco quanto uma margarida.

O fascismo definiu os judeus como "inimigos do Estado", e aqueles que os ajudaram durante a República Social Italiana correram o risco de serem presos, deportados e até mesmo de perderem a vida. Para oitocentos deles, assim como para outros antifascistas, Bartali foi o salvador. A vida também lhe deu alegrias e dores: um irmão mais novo que morreu em um acidente em uma corrida de ciclismo e um filho que nasceu morto durante a guerra em Florença devido ao toque de recolher, pois nenhum médico estava disposto a correr o risco de dirigir à noite. Bartali era um antifascista cultural: uma cultura concreta e camponesa que não vinha dos livros. Ele só estudara até a escola primária antes de sair para trabalhar, e sua "universidade" foram as ruas de Florença. O catolicismo estava profundamente enraizado nele e sugeria que traçasse uma linha entre o bem e o mal. O regime fascista estava ciente de tudo isso, e o Ministério da Cultura Popular, consequentemente, tomou providências específicas: os jornais só deveriam falar de Gino no caso de uma grande vitória esportiva, sem nunca ampliar seus artigos com elogios.

Em 1938, o time de futebol italiano conquistou seu segundo título mundial em solo francês, jogando com camisas pretas (a cor do fascismo) e fazendo a saudação fascista na frente da multidão. Em contrapartida, a multidão, repleta de exilados franceses e italianos, assobiou e vaiou o gesto. De volta a Roma, a equipe nacional de futebol foi recebida com grande pompa por Mussolini no Palazzo Venezia. Pouco tempo depois, Bartali venceu o Tour de France, mas ninguém o convidou para ir à residência do *Il Duce*. Sendo um homem honesto, Gino não suportava a arrogância, e, como resultado, havia uma incompatibilidade entre ele e o fascismo. Os fascistas queriam impor-lhe seu calendário esportivo: "Nada de Giro este ano, apenas o Tour", e conseguiram fazer isso com o apoio da Federação Italiana de Ciclismo.

Quando atuava como mensageiro em 1943-1944, Bartali estava ciente dos riscos que corria em cada viagem de bicicleta entre Florença, Terontola e Assis. Como se esses riscos não fossem suficientes, ele também escondeu uma família judia em sua casa em Florença. O major Carità, o mais cruel dos colaboracionistas de Florença, manteve Gino prisioneiro por dois dias em seu quartel-general, conhecido como Villa Triste. Quando a Libertação chegou, Bartali, ironicamente, correu o risco de ser baleado por um grupo de combatentes da Resistência entre a Toscana e o Lácio. Um deles disse que o tinha visto pedalando vestido como um fascista, ou seja, usando preto. Isso era verdade, mas era o uniforme de carteiro italiano que Gino usava ocasionalmente fora de Florença durante seus empreendimentos clandestinos. Felizmente, ele conseguiu convencer os combatentes da Resistência que o haviam interrogado. Mais tarde, em 1948, Gino também conseguiu convencer o jornalista Gianni Brera, que havia escrito um artigo na *La Gazzetta* afirmando que ele era velho demais para vencer o Tour de France naquele ano. Bartali me contou sobre esse episódio dizendo: "Peguei o trem de manhã cedo sem avisar Brera e, quando cheguei à redação do *La Gazzetta*, ele ficou surpreso ao me ver. Em sua mesa havia um pacote de Gauloises, sem filtros. Fumei cinco ou seis em uma hora e disse: 'Você ainda acha que estou velho demais para o Tour?' Brera respondeu: 'Não, vá em frente e boa sorte'".

Brera era um bom escritor, mas preferia Coppi, assim como Fossati e quase todos os jornalistas da época.

Acompanhando o Giro d'Italia no carro com Gino, nunca o ouvi dizer uma palavra ruim, como as frases que as crianças aprendem hoje no jardim de infância. Ele dizia pequenos insultos muito bonitos sempre que possível. Paolo Conte escreveu uma música mágica sobre ele, sobre a qual Gino tinha apenas uma ressalva: "É uma pena que haja algumas palavras maliciosas na letra". Ele continuou, ainda sobre a canção, dizendo: "Talvez eu tenha um nariz triste como uma subida íngreme [veja a página 100], mas o nariz de Paolo Conte também é muito particular".

Esse é o simpático e ranzinza Bartali, cuja frase mais famosa foi: "Está tudo errado. Faça tudo de novo!". Não estava tudo errado, porque, em sua época (e ainda hoje), muitas coisas estavam erradas.

Gino seguia os Dez Mandamentos e amava o próximo, ou seja, fazia o que considerava certo. Não é por acaso que hoje uma árvore é dedicada a ele no Jardim dos Justos entre as Nações (em Yad Vashem). Justo com J maiúsculo.

Acho que Bartali era mais forte que Coppi, e sei que estou ofendendo várias pessoas ao dizer isso. Este último tinha mais estilo e elegância, mas era fisicamente mais frágil. Bartali era mais forte, tanto mental quanto fisicamente. Ele pedalava um pouco inclinado, mas tinha uma energia extraordinária que atribuía à sua fé e que certamente não veio do *doping*. "Tentei uma vez e caí no sono", disse ele.

Este livro, a história de um homem pedalando contra o mundo, nos lembra uma coisa: quando nos deparamos com injustiças profundas, quando direitos e liberdades são desrespeitados, quando testemunhamos atrocidades como as cometidas pelos nazifascistas, é certo nos rebelarmos. Bartali sabia disso, muito antes de Sartre escrever sobre o assunto.

Gianni Mura
Jornalista e escritor italiano

Gino Bartali com sua esposa, Adriana, e seus dois filhos, Andrea e Luigi, em uma competição de ciclismo na década de 1960.

Notas

Introdução
1. As camisas do Giro d'Italia representam as principais lideranças da competição. A *maglia rosa* (camisa rosa) é usada pelo líder geral, destacando o menor tempo acumulado. A cor foi eleita por ser a mesma cor das páginas do jornal esportivo *La Gazzetta dello Sport*, o principal organizador do evento. *A maglia ciclamino* (camisa roxa) identifica o líder por pontos, premiando a consistência nos sprints e chegadas. *A maglia zzzurra* (camisa azul) é destinada ao melhor escalador, com base no desempenho em subidas. Por fim, *a maglia bianca* (camisa branca) celebra o melhor jovem ciclista (sub-25) na classificação geral. Cada camisa reflete uma habilidade específica.
2. Medaglia d'oro al merito civile della Repubblica italiana.
3. "Collaborò con una struttura clandestina che diede ospitalità ed assistenza ai perseguitati politici e a quanti sfuggirono ai rastrellamenti nazifascisti in Toscana, riuscendo a salvare circa 800 cittadini ebrei."
4. "Io non sopporto le prepotenze e i prepotenti."

Capítulo 1. Itália: um país que pedala
5. "O la trovi subito o nun la trovi più".
6. "'A' Ri, recordate de portà la bicicletta."
7. "Eravamo gente di campagna, figli di contadini!"
8. "Cussì i pol magnar calcossa!"
9. "Ero un pignolo della bicicletta. Quando mi mettevo in sella ero una cosa unica con lei. Non c'era un rumore, una vite fuori posto. La curavo da me. Tutto ciò che si sentiva quando andavo era il fruscio

dell'aria attraverso i raggi delle ruote e quello dei tubolari sulla strada. Come ci tenevo alla bici ! Era la mia compagna, la mia vita, il mio strumento di lavoro!"

Capítulo 2. O pequeno mundo de Ponte a Ema
10. "Era buono di carattere e aveva una specie dimaschera di durezza dietro la quale si nascondeva."

Capítulo 3. Gino, o Piedoso
11. *"Honteux et confus jura, mais un peu tard, qu'on ne le reprendrait plus."* Extraído das duas últimas linhas do poema *Le corbeau et le renard*, de Jean de la Fontaine.
12. "*Il 14 giugno 1936 accadde la cosa più tremenda della mia vita*", Gino Bartali, *La Mia Storia*, Éditions *La Gazzetta dello Sport*, Milão, 1958.
13. Título dado a santos que foram reconhecidos por uma contribuição significativa para a teologia ou a doutrina por meio de seus escritos, pesquisas e estudos.

Capítulo 4. Ciclismo, fascismo e antifascismo
14. No Tour de France, as camisas distinguem as lideranças da competição. *A maillot jaune* (camisa amarela) é usada pelo líder geral, com o menor tempo acumulado. A camisa verde premia o líder por pontos, destacando os melhores velocistas. A camisa branca com bolinhas vermelhas identifica o melhor escalador, líder da classificação de montanha. Já a camisa branca é usada pelo melhor jovem ciclista (sub-26) na classificação geral. Essas cores celebram diferentes especialidades.
15. A sede da Câmara dos Deputados da Itália.
16. "La X Olimpiade consacrato e rivelato al mondo i progressi dello sport italiano rigenerato dal fascismo e il valore degli atleti azzurri."
17. "Le ali dell'Italia fascista al comando di Balbo si impongono all'ammirazione del mondo vincendo l'Atlantico con un rapido e serrato volo."

18. "Binda, tre volte campione del mondo, ha conquistato brillantemente al traguardo dell'Arena la quinta vittoria nel Giro d'Italia aggiudicandosi il primo altissimo Premio del Duce e il primo premio del Direttorio del Partito."
19. "Bartali ha trionfato nel XXIV Giro d'Italia aggiudicandosi il 1° Premio del Duce."

Capítulo 5. O Tour de France
20. O barão Pierre de Coubertin foi o fundador do Comitê Olímpico Internacional e é frequentemente conhecido como o Pai das Olimpíadas modernas.
21. Uma passagem de montanha alpina.
22. "Apoteosi dello sport fascista nello stadio di Parigi. Strepitosa vittoria della squadra italiana nel campionato mondiale di calcio."
23. "Da un traguardo all'altro nel ritmo incessante dei trionfi dello sport fascista."
24. "Gruppi di connazionali, provenienti da centri vicini e lontani della Francia, sono saliti sulle montagne per incoraggiare ed acclamare Gino Bartali che passava dominando trionfalmente tutti gli avversari."
25. "Quando Bartali correva, c'erano sempre centinaia di italiani che venivano a vederlo per loro era un dio. Quando lo vedevo in mezzo agli italiani, che lo veneravano e lo celebravano, mi chiedevo come si potesse essere così amati."

Capítulo 6. As leis raciais
26. O jornal diário do Estado da Cidade do Vaticano, que informa sobre as atividades da Santa Sé e os eventos que ocorrem na Igreja e em todo o mundo.
27. "Il Papa è partito per Castel Gandolfo. L'aria dei Castelli Romani gli fa molto bene alla salute."
28. "Le razze umane esistono. Il concetto di razza è concetto puramente biologico. La popolazione dell'Italia attuale è nella maggioranza di

origine ariana e la sua civiltà ariana. Esiste ormai una pura "razza italiana". È tempo che gli Italiani si proclamino francamente razzisti. Gli ebrei non appartengono alla razza italiana."
29. "Nei riguardi della politica interna, il problema di scottante attualità è quello razziale. E' in relazione con la conquista dell'impero, poiché la storia ci dimostra che gli imperi si conquistano con le armi, ma si tengono col prestigio. E per il prestigio occorre una chiara, severa coscienza razziale, che stabilisca non soltanto delle differenze, ma delle superiorità nettissime. Il problema ebraico è dunque un aspetto di questo fenomeno."
30. "Sono, benché ebrea, da lunghi secoli e più, italiana. Vedova. Mio marito fu ufficiale di fanteria, ferito e decorato nella Grande Guerra. Ho un unico figlio, iscritto al Politecnico. Sono da ben ventisei anni insegnante elementare com lodevole servizio. A me si toglie l'impiego necessario, a mio figlio la possibilità di studiare. Può essere che Voi riteniate meritato un simile spaventoso troncamento dela nostra vita di perfetti italiani, nella nostra Italia? Con fede ancora in Voi solo. Ossequio. Elvira Finzi."

Capítulo 7. Esporte, guerra e casamento
31. "Un'ora, segnata dal destino, batte nel cielo della nostra patria. L'ora delle decisioni irrevocabili."

Capítulo 9. Gino, o Justo
32. "L'interrogatorio avvenne nel sottosuolo, presenti il maggiore Carità e altri tre militi. Un luogo sinistro, che incuteva terrore. Chi finiva là dentro non sapeva come sarebbe uscito. Mentre mi interrogava con tono inquisitorio e arrogante, il maggiore bestemmiava di continuo per offendermi e provocarmi. Sul tavolo vidi alcune lettere col timbro del Vaticano."

Capítulo 10. Gino, o Velhote
33. "Dovevo ricominciare da capo. [...] Mi viene in mente che molti, amici e avversari, cominciarono a chiamarmi il vecchiaccio."

34. Potevo ancora dimostrare a una generazione di giovani che non ero il nonno da portare a spasso di tanto in tante.
35. "Andate, prodi corridori della corsa terrena e della corsa eterna!"
36. "La 'corsa del popolo' nella sua fulgida giornata di passione – Il delirante abbraccio dei triestini accoglie il Giro d'Italia."
37. "Nuovo trionfo di Fausto Coppi che giunge solo al traguardo fiorito e luminoso di Sanremo."
38." Spettacolare fuga di Fausto Coppi sul Falzarego e sul Pordoi coperti di neve dopo un emozionante duello con Gino Bartali."
39. Cantor, pianista e compositor italiano.

Capítulo 11. Gino e Fausto

40. Os guelfos e os gibelinos eram facções que apoiavam o papa e o Sacro Imperador Romano, respectivamente, nas cidades-estados italianas do norte e do centro da Itália.
41. Personagens fictícios criados pelo escritor e jornalista italiano Giovannino Guareschi. Don Camillo é o padre rabugento de uma cidade italiana, que está sempre em conflito com o prefeito comunista Peppone.
42. "Avevamo soprattutto paura l'uno dell'altro e forse anche delle nostre ombre."
43. Em italiano, o *slogan* rimava: "Brodo per campioni con dadi Arrigoni".

Capítulo 12. "Estou sempre correndo atrás de alguma coisa!"

44. "Io sono sempre all'inseguimento di qualcosa."
45. "Io voglio essere ricordato per le mie imprese sportive e non come un eroe di guerra. Gli eroi sono altri. Quelli che hanno patito nelle membra, nelle menti, negli affetti. Io mi sono limitato a fare ciò che sapevo meglio fare. Andare in bicicletta. Il bene va fatto, ma non bisogna dirlo. Se viene detto non ha più valore perché è segno che uno vuol trarre della pubblicità dalle sofferenze altrui. Queste sono medaglie che si appuntano sull'anima e varranno nel Regno dei Cieli, non su questa terra."